貴嶋 啓

後宮の屍姫

実業之日本社

実業之日本社文庫

目次

序

「なんという類いまれな美しさじゃ」

後宮の一角——鴻天宮《こうてんきゅう》の庭園に、うっとりとした声が響いた。

ため息まじりに囁《ささや》いたのは、古めかしい道服をまとった若い男だった。胡人《こじん》の血を引いているのか、瞳は甘やかな榛色《はしばみいろ》で、結いあげずに背中で波うっている髪も薄い栗《くり》色だ。

「その絶望に歪《ゆが》んだ艶《つや》めきも、復讐《ふくしゅう》に燃えた煌《きら》めきも、そなたの魂はまるで極上の黒曜石のようじゃ。あいかわらず絶妙に黒光りしておるのう」

くくく、と男は笑みをこぼす。そして朱塗りの橋にもたれ、池に映る月を眺めているかたわらの娘に手を伸ばした。

「ああ、瑶伽《ようか》。我の宝玉よ——」

「——黙れ、このド変態」

しかし道服の男に応えたのは、瑶伽と呼ばれた十歳ばかりの少女ではなかった。彼女を挟んだ向こうから、険しい視線を投げつけてくる長袍《ちょうほう》姿の男——淵之《えんし》である。それだけでなく淵之は、瑶伽の手を握らんとする男の腕をにらみつけ剣を抜いた。

「だいたい、なにが『我の宝玉』だよ！　黙っていれば、勝手なことを抜かしやがって——」

「まったく野蛮な男よのう」

道服の男は、ためらうことなく振り下ろされた白刃をひらりと避ける。そして体重を感じさせない動きで欄干に着地し、せせら笑った。

「しかも嫉妬とは、なんと青くさいことか」

「うるせえ！」

道服の袖がなびくそこへ、ふたたび剣が突き入れられる。しかしその切っ先も空を切る。道服の男が忽然《こつぜん》と姿を消したからだ。

いや、消えたのではない。瞬《またた》きの間にしゅっと身体《からだ》が縮んだのだ。それどころか、瑶伽の足元に置かれていた白磁の壺《つぼ》のなかに、身体ごと吸いこまれた。

「危ないではないか」

そして壺口からにゅっと顔だけ出し、男は淵之を非難する。その様子はさながら壺の上に置かれた生首である。

仕留められないことに苛立《いらだ》ち、淵之が忌々しげに舌打ちする。

「コンの壺男が……！」

「壺男とな？　なんと無粋な呼び名じゃ。我は誇り高き壺中仙《こちゅうせん》であるぞ！」

「知ったことか。ただの変態壺使いだろうが！」

わめく生首ごと壺を叩き割ろうとする淵之に、埒《らち》が明かないと思ったのだろう。

ようやく瑶伽が口を開いた。

「ちょっと淵之。こんなところで剣を振り回したら、私も危ないじゃない」

幼い少女とは思えない大人びた口調で、彼女は淵之――皇帝の第六皇子にあたる「元婚約者」をたしなめた。

いや、その呼び方はふさわしくないのかもしれない。

なにしろ今の瑶伽は、彼の許嫁《いいなずけ》であった薛《せつ》瑶伽ではない。すでに死んだ「瑜依《ゆい》」という少女の屍《しかばね》を借りて、この世に命をつないでいる仮初《かりそ》めの存在にすぎないのだから。

つまり今の瑶伽は、かつてこの帝国の北東部で覇を唱えていた燿《よう》国の王女ではなく、後宮の最下層に位置する宮奴《きゅうど》――范《はん》瑜依なのである。

「壺中仙もよ。わざわざ淵之の挑発に乗らないで」

「しかしだの、我の宝玉よ」

「しかしもなにもないの！」

瑶伽がぴしゃりと言ってやると、壺中仙は「むむ」と眉をひそめた。しかしやがて、唇にふっと笑みを刻む。

「そなたが言うのならば仕方があるまい」

そして淵之の隙をつくように壺から半身を出すと、彼女の手をとって頬に寄せる。

それを見て淵之がさらに逆上した。

「――てんめえ……！　わかったなら、その顔ごとさっさと壺のなかへ消えやがれ！　そのまま永久に出てくるな!!」

「野蛮なだけでなく、つくづく五月蠅《うるさ》い男であるな。そなたこそ、さっさと消えるがよいぞ」

壺中仙も壺口から肩まで出した手で、しっしと追い払うしぐさをする。

そんなふたりの罵りあいを白けた目で眺め、瑶伽はため息をこぼした。ずっとこの調子であると。

やらなければならないことはまだ山ほどあるのに、ふたりのせいでちっとも話が進まない。

そう。一日もはやく、父を無実の罪で殺し、瑶伽を斬首に追いこんだ者に復讐しなければならないのに――。

「ああもう、いいかげんにして！」

そして瑶伽は、今日もうんざりとした声で叫んだのだった。

第一章　屍姫《しかばねひめ》は最下層の宮奴《きゅうど》

こん、こん、こん、こん——。

小さな手に握りしめたこん棒から、絶えることなく音が上がる。

叩《たた》いているのは、薄紅色の侍女のお仕着せだ。大盥《おおだらい》に入れたそれを洗濯板に広げ、瑶伽は一心に腕を振りつづける。給仕の際に料理がかかったらしく、袖の油汚れがなかなか落ちないからだ。

周囲からは、同じように布を叩く音が響いている。

その隙間を縫うように聞こえるのは、ばしゃばしゃという水音と、そして女たちの鬱屈とした話し声だ。

「ああ、あかぎれが辛《つら》いねえ！　いったいあたしゃ、前世でどんな悪業を行ったたってんだろ。死ぬまでこんなところで、洗濯しつづけなきゃならないなんて！」

中年宮奴のひとりがぼやくと、そばで妃嬪《ひひん》の肌着をすすいでいた女が吹きだした。

「なに言ってるんだい！　前世もなにもあんた、柳貴妃《りゅうきひ》様の耳飾りを盗んだのがバレて、ここに送られただけじゃないか。命が取られなかっただけ、ありがたく思うこったね！」

「そういうあんたこそ、仕えている皇后様の情報を、柳貴妃様に流してたっていうじゃないか！　金に目がくらんで主人を裏切るなんて、侍女の風上にも置けない女だよ！」

こういうのをきっと、目くそ鼻くそというのだろう。

周囲がそんな目を向けるなかで、瑶伽のすぐ近くで水を汲《く》んでいた宮奴——玲媛《れいえん》が馬鹿にしたようにつぶやいた。

「ああ、やだやだ。なんでも金、金って。卑しい身分の者はこれだからねえ！　ほんと品ってものを知らないいんだから」

「なんだって⁉」

はじめに言葉を交わしていたふたりだけでない。玲媛の言葉に、ほかの宮奴たちも一斉にいきり立った。

「よく言うよ！　あんたの夫なんて、役人のくせに洪水被害の救済金を着服した極悪人じゃないか！」

「あんただって、夫の悪行を知っててずっと贅沢《ぜいたく》してきたんだろ！」

「貧しい者たちが苦しんでるってのに、そこに付けこむなんて！　盗人《ぬすっと》たけだけしいとはあんたのことだよ!!」

「なんですってえ⁉」

「言っておくけど、どんな高貴な生まれでも、この洗衣局に入った以上、みな同じ宮奴さ。えらそうな口を叩くんじゃないよ！」

この瑞華《ずいか》帝国のなかで、もっとも高貴で華やかな皇帝陛下の後宮。その片隅の片隅にある洗衣局――。

ここにいるのは、上は六十歳を越えた老女にいたるまで、年齢に関係なく集められた宮奴たちである。多くは後宮で罪を犯したり、官僚だった家族の罪の連座で官《かん》婢《ぴ》に落とされたりした者ばかりなのだ。

ここでは数十人の女たちが、毎日後宮中の衣服を洗いつづけている。延々と、死ぬまでずっと――。

「そこ！　いつまで喋《しゃべ》ってるんだい！　そんなちんたら作業してたんじゃ、日暮れになっちまうよ！」

叱責する声は、この洗衣局を統括する袁《えん》女官のものだ。

「いいかい⁉　割り当てられた仕事が終わらなければ、夕飯抜きだよ！　さっさとおやり！」

「ああもう！　ちょっと瑜依！」

みな慌てて仕事に戻るなか、玲媛が苛立たしげな声で怒鳴る。それまで黙々と作業していた瑶伽は顔を上げた。

瑜依――それが今の瑶伽の名前だからだ。

「私の代わりに、洗濯の終わった衣類を柳貴妃様の宮へ届けに行っておいで！」

どうやら彼女も、袁女官の夕飯抜きの言葉に焦ったようだ。彼女がするべき仕事を、当然のように瑶伽に押しつけてくる。

瑶伽が、この洗衣局のなかでも一番若い――それどころか、幼い子供だからだ。

「――可哀《かわい》そうに。これであの子は、今日の夕飯を食いっぱぐれるよ」

ひそひそと話す声が背後で聞こえる。

しかしだからと言って誰かが助けてくれるわけではない。後宮のなかでも最下層の宮奴が入れられるこの洗衣局では、自分が生きることにみんな必死だからだ。

その結果、瑶伽のような小さな子供は、まともに食事にありつけず衰えて死んでいく。それどころか、ほかの宮奴たちの鬱憤のはけ口として折檻《せっかん》を受け、命を落とすこともしばしばだ。

この身体の本来の持ち主――瑜依がそうだったように。

（いつか、私もそうなるのかも――）

渡された衣類とともに洗衣局を出た瑶伽は、指がちぎれそうなほど冷たい水に浸しつづけていた手に視線を落とした。

あかぎれだけでなく、まめがつぶれてところどころ血がにじんだそれは、冷えきっていて感覚さえなかった。大人でも重たいこん棒を振りつづけていたせいで、腕も重くてたまらない。

いつまでこんな苦行が続くのだろう。

（それでも、あきらめたくない。ううん、あきらめるわけにいかない……！）

瑶伽は建物の陰に身を滑りこませ、雲ひとつない青空を見上げた。

「あの日も、こんな空だったわね――」

目をつむれば、幸せだったころの記憶が脳裏に押し寄せてくる。

東北の雄と謳《うた》われた燿国。

その王女として何不自由なく過ごした日々。

煌びやかな絹の衣に、食べきれないほどの豪華な食事、そして一人娘である瑶伽に向けられる父王の笑顔――。

しかしその思い出が幸せであればあるほど、瑶伽の心は苛《さいな》まれた。

（だって、燿の王女だった私は、もういないもの）

胸を刺す痛みをやりすごそうと、瑶伽が深く息を吐きだしたときだった。

「我の愛しき宝玉よ！」

「――ひっ‼」

突如響いた声に、感傷にひたりかけていた瑶伽はびくりとなった。

「今は出てきてよいのじゃろ？　まわりに誰もいないからの！　どうじゃ？　よい判断じゃろ？　さあ、遠慮なく我を褒めてよいぞ」

あたりには、瑶伽のほかに人影はない。だというのに矢継ぎ早に聞こえる自賛の嵐に、瑶伽はげんなりとした。

「ちょっと壺中仙――」

瑶伽は、建物の陰、打ち捨てられた陶器のかけらが山となっているあたりをにらみつけた。正確には、そのなかでひとつ割れずに残った素焼きの壺を――。

「何度も言っているけど、そうやって出てくるのやめてくれる？」

「なぜじゃ？」

「心臓に悪いからよ！」

きょとんとした表情を浮かべる壺中仙に向かって、瑶伽は叫んだ。

それもそのはず。その顔があるのが、素焼きの――一抱えほどしかない壺の上だったからだ。たとえそれが完璧な眉目を備えた美形であっても、その状態ではただの生首である。

「我の宝玉はワガママじゃのう。じゃが許そうぞ。我は心が広いからの」

そう答えると、道服のような古めかしい服をまとった男が、壺口からにゅるりと身体を出す。

子供の瑶伽は、とたんに六尺あまりの長身を見上げることになる。

「愁いを帯びたそなたの魂も美しいが、いったいなにを考えておったのじゃ？」

「――私が処刑されたときのことよ」

燿王が皇帝に謀反を起した――。

そんな情報が届くがはやいか、瑶伽は屋敷に乗りこんできた兵たちに捕らえられ、そして斬首されたのだ。

「おお、そうであったか。あれはそうじゃな。今日のようによく晴れた冬の日であったなあ」

壺中仙は、懐かしむように眼差しを伏せた。

「刑場に引き立てられたそなたは、『ぜったいに許さない』と呪詛《じゅそ》の言葉を吐いておったの。怨嗟《えんさ》の念が、そなたの身体から焔《ほむら》のごとく美しく燃えあがり、次の瞬間落とされた首が、まるで珠《たま》のようにきらりと光って――」

「……ねえ。人の処刑を、楽しい思い出のように語るのやめてくれる？」

「なぜじゃ？　我とそなたとの出会いではないか」

けろりとした返答に、瑶伽はうなだれる。

「……ああ、そうだったわね。あなたにまともな神経を期待するほうが悪いんだったわ。三度の飯より『歪んだ魂』が大好物だなんていう変態なんだから」

なにせ、壺中仙を自称するこの男。そもそも瑶伽を見つけたのも、処刑される今際の、憎悪と復讐心でいっぱいになった彼女の魂に惹《ひ》かれてだというのだ。

しかしそんな瑶伽のつぶやきは聞こえなかったようで、壺仙人は「じゃが――」と悔しげに地団太を踏む。

「我としたことが、あのときは本当に失敗であった！　せっかくそなたの、死にたてほやほやの魂で、黒光りする極上の玉を作ろうしたのに……！」

「――訂正するわ。あなたは変態どころか、ド変態だったわ」

歪んだ魂が好きというだけでなく、彼はその魂を使って玉を作るのだという。それを蒐集《しゅうしゅう》し愛《め》でるのが趣味というのだから、このうえない変態である。

「だけど、首を斬られてもこうしてこの世に留《とど》まれているのは、あなたがどうしようもない変態だったおかげだもの。感謝しているわ」

傍から聞けばけっして褒めているとは思えない言葉で、瑶伽は壺中仙に礼を言う。自分の身体には還《かえ》れなかったけれど、首が失われていたのだから仕方がない。

瑜依のなかで目覚めたのは、近くで死んだばかりの身体がほかになかったからだという。壺中仙の失敗でさまよっていた魂は、引き寄せられるようにして空となった屍に吸いこまれてしまったのだ。

「むほほほ。よいぞ、いくらでも我に感謝するがよい。恨みに歪んだそなたの魂は、このうえなく心地がよいからの」

かならず父と自分を死に追いやった奴《やつ》らに復讐してみせる――。そう誓う瑶伽に、壺中仙はうっとりとする。

「どす黒く、愛《いと》しいそなたの願いであれば、我はなんなりと叶《かな》えようぞ。さあ、我になにを望むのじゃ?」

「さしあたって今は、蓮《れん》花宮《かきゅう》まで私を運んでちょうだい」

「お安い御用じゃ。我の壺中の道を使えばすぐじゃからの」

壺中仙は笑いながら請けあい、その胸に瑶伽を引き寄せる。

大きな袖に包まれると、ぐにゃりとした感覚は一瞬だった。

次に目を開けたとき、瑶伽はこの後宮に君臨する柳貴妃の宮――蓮花宮の物置き部屋に立っていた。足元に転がっているのは、花を活《い》けるための壺型の花瓶である。

「これでよいであろう？」

「ええ」

えっへんとばかりに胸を張る壺中仙に、そっけなく瑶伽はうなずいた。

自在に壺のなかを行き来できる壺中仙は、壺さえあればどんなところにも出ることができるらしい。その不思議な力で、子供の足ならば四半刻《しはんとき》近くかかる距離を、瞬きの間に移動したのだ。

小さな壺のなかに入ったり、人の魂をとらえて玉にしたり。

なぜ彼に、そんな人為を超えたことができるのか――。

壺中仙が瑶伽の前に姿を現すようになってもう二年になるが、今になってもそれはわからない。

（でも、そんなことはどうでもいいわ）

自分はただ、彼のこの力を利用するだけ。

「お父様を殺し、私を処刑した奴らを、私はぜったいに許さないんだから……！」

それは今の瑶伽にとって、たったひとつの生きる理由だった。

*

瑞華帝国の都——涌京《ゆうけい》。

それは三本の運河によって結ばれた水の都である。

温暖で湿潤な南方からは米や果実のほか、茶葉や絹などが、乾燥し草原の広がる北からは小麦や大豆、馬や羊などがこの地に運ばれ、この都で手に入らぬものはないと謳われる。

ほんの数十年前まで地方の小都市にすぎなかったこの涌京に都を置いたのは、帝国の開祖にあたる簫景之《しょうけいし》である。

彼は水運によって国を富ませ、それを礎に、またたく間に五国に分裂していた中原を制した。そして涌京の北よりにある高台に皇宮を築き、今日にいたる瑞華帝国の繁栄を築いたのである。

その皇宮へとまっすぐに伸びる大路を悠然と進んでいくのは、西方の遠征から凱《がい》旋《せん》する軍馬の群れである。

大店《おおだな》が軒を連ねるその通りは、彼らをひと目見ようとする人々が集まり、いつも以上の喧騒《けんそう》に包まれていた。

馬上からその様子を見るともなく眺めていた淵之は、ふと群衆のひとりに目を止め、思わず名を呼びかける。

「瑶――」

しかしこちらを向いた女が彼女のはずもなく、淵之は唇を噛《か》みしめる。

（いいかげんに、無意識にあいつを探しちまう癖はやめろ）

これまで、何度自分に言い聞かせたことだろう。

それでもやはり視線はさまよい、そのたびに淵之は落胆してしまう。

「どんなに探したって、あいつがいるはずもないのに……」

今もまたそれを思い知らされ、淵之は自嘲の笑みをこぼした。

許嫁だった瑶伽は、淵之が帝国の南方で初陣に臨んでいる間に、斬首されたのだ。

彼女の父である燿王が、皇帝に叛逆《はんぎゃく》した咎《とが》で討たれ、その連座で。

彼女が、十九歳のときだった。

「いつの間にか、同い年になっちまったな……」

燿王が皇帝に謀反を起した――。

あの日、すでに凱旋の途上にあった淵之は、その報告が信じられずにこの皇都へと馬を走らせたのだ。しかし彼が涌京へ到着したときには、すでに燿王は死に、娘である瑶伽の処刑も終わったあとだった。

死に目に会うどころか、さらされた首もすでに片づけられ、亡骸《なきがら》さえ咎人としてどこかに打ち捨てられたという。

死体を見ていないからか、いつまでも彼女が死んだ実感がわかない。

しかし確実に、瑶伽はいないのだ。

心臓をえぐられるような息苦しさを覚えて、淵之は思わず手綱を握りしめた。

「――また、許嫁のことを思い出してるのかい？」

「稜裕《りょうゆう》――」

背後から声をかけてきたのは、赤みがかった髪が特徴的な若い男だった。

平民出身ながらもこの遠征で彼の副将を務めた彼は、淵之にとって気の置けない友でもあった。

「……そんなんじゃない」

そう口にしながらも淵之は、あの日からまともに寝られたことがなかった。

眠ろうとすると、いつも瑶伽が枕辺に立つのだ。そしてなにもできなかった淵之を、うらめしげに見つめる。

「そんなんじゃないならなんなのさ、淵之？」

視線を合わせようとしない淵之に、稜裕は「一度はっきりさせたかったんだけど」と、ため息をこぼした。

「君がずっと、燿王を陥れた黒幕を追っているのはなぜだい？　許嫁を愛していたから仇《かたき》を討ちたいのかい？　それともあのとき、なにもできなかったという罪悪感を消すためかい？」

答えられない淵之に、稜裕は畳みかけるように訊《き》いてくる。

「だって、もともとたいして仲が良い許嫁ってわけでもなかっただろう？　昔の君は、しょっちゅう彼女に対して怒ってたじゃないか。いつも子供扱いしてくるとかなんとか言ってて」

「それは……」

「それに、ものすごい融通がきかない性格だって、よく愚痴ってたよね？　人と不用意に衝突してばかりで面倒だって。それから顔が可愛《かわい》くないとか、背が高すぎて優雅さに欠けるとか――」

「おまえ……っ」

稜裕の遠慮のない悪口に、淵之は反論しようとする。

しかし結局は黙るしかない。なぜなら、稜裕の話は、すべて過去に淵之自身が口にしたことばかりだからだ。

稜裕の言葉どおり、瑶伽のほうがふたつも歳《とし》が上で、淵之は利発な彼女にいつも子供扱いされていた。それが悔しくて、淵之はいつも彼女に憎まれ口ばかり叩いていたのだ。

（違う。瑶伽は純粋で、心の優しい女だった。少し気は強かったけど、正義感が強くて、曲がったことが嫌いで――）

今ならわかる。自分はただ、瑶伽に振り向いてもらいたかっただけなのだと。

相手が誰であろうと、間違ったことは間違っていると言い、自分の望みや考えを真っ直ぐに主張する彼女が眩《まぶ》しくてならなかっただけなのだ――。

（こんなにもはやく死んじまうことがわかってたら、もっと大切にしたのに）

そう思いかけて、淵之は顔をゆがめる。

（いや、そうじゃない。死ぬなんてわかってなくても、きちんと瑶伽への気持ちと向きあうべきだったんだ。そうしていたら、こんなに後悔することもなかったかもしれない）

そんなことが、今になってわかるなんて――。

反論できない淵之は、代わりにこれまで何度も口にしてきた言葉を繰り返した。

「……燿王は、父皇に従順だった。叛逆するなんて考えられない」

五国のひとつであった燿国は、痩せた土地ながらも鉱物資源に恵まれ、領民が豊かな生活を送っていた国だった。

その燿が先帝によって平定されたのは、およそ十五年前。その際燿王は、民の血が流れることを厭《いと》い、戦うことなくみずから瑞華帝国に投降した。

その後は人質として涌京で暮らすことを命じられたものの、王侯に封じられた彼は父皇との関係もよく、その温和な人柄は広く知られていた。

その燿王が、謀反を起すはずがないのだ。

「それは僕も思うけどね……淵之。死んだ者は生き返らない。そうだろう?」

そんなことはわかっている。嫌というほどに。

もう二度と会えないのだ。

燿王にも、そして瑶伽にも――。

「忘れろとは言わないけど、いつまでも亡くなった女を思ってても、どうにもならないじゃないか。この遠征が終わったら正妃を娶《めと》るよう、皇后様にも言われてるんだろ？」

稜裕の言葉に、不快なことを思い出した淵之は眉をひそめた。

「たしか、皇后様の姪《めい》だっけ？　いいじゃないか。すっごい美人って噂《うわさ》だし。まあ僕だったら、もう少し熟した女性のほうが好みだけど」

「誰もおまえの趣味なんて聞いてない」

「あ、そういうこと言う？　だけど相手が誰であれ、死んだ女より、生きてる女と睦《むつ》みあうほうが健全というものだろ？　今回の武勲で君が親王に封じられるのは間違いないだろうし、その話は避けられないよ？」

淵之は舌打ちした。

生母を亡くした淵之を引き取った皇后が、血のつながった姪を彼に嫁がせようとやっきになっているのは事実だからだ。

「義母上《ははうえ》は、柳貴妃の生んだ皇太子の代わりに俺を皇位に就けて、権力を取り戻したいだけだ。いいように利用されるつもりはない」

しかしそれでも、今はまだ皇后の力は必要だった。燿王と瑶伽の潔白を証明し、その汚名を雪《そそ》ぐためには――。

（瑶伽が生き返ることはない。だったらせめて、そのくらいできなくてどうするんだ……！）

淵之はぐっと歯を噛みしめた。そして、はやる心のまま鐙《あぶみ》を蹴ったのだった。

＊

「嫌じゃ。我も我の宝玉とともに行くぞ」

蓮花宮の物置き部屋から出ようとする瑶伽に、壺中仙が駄々をこねた。

「いいから、ここで待っててちょうだい。男が後宮にいるのが見つかったら、いろいろ大変なのはわかるでしょう？　なにかあったら壺を使って呼ぶから」

面倒が起きれば宮のなかを探るどころではないと、瑶伽は壺中仙に言い聞かせる。

長身で、しかも茶髪の彼は、とにかく人目を引くのだと。

しかし壺中仙はなかなか納得しなかった。

「嫌じゃ、嫌じゃ」

「ワガママ言わないの！　いいからここで留守番してて！」

瑶伽がぴしゃりと言うと、壺中仙はむっと眉を寄せ、近くの木箱にどかっと腰を下ろした。

「勝手にするがよいぞ。我はこれほどにそなたを心配しているというのに。よいのか？　我は怒ってしまうぞ？　さあ、我に謝るのならば今じゃ――」

「じゃあ、大人しく待っててちょうだいね」

ふてくされる壺中仙を放置し、瑶伽はあっさりと部屋を出る。壺中仙などと名乗っているくせに、その本性は聞き分けのない子供なのだ。かまってばかりはいられない。

「たしか文書庫は、こっちだったはず……」

瑜依として蘇《よみがえ》ってから瑶伽は、蓮花宮に用事で来るたびに少しずつ殿内を調べてきた。

そして先日見つけた文書庫には、この蓮花宮に関わる文書がすべて保管されているはずだった。おそらくは、皇帝から賜った聖旨や、貴妃の健康に関する記録、そして交わした書簡や帳簿まで――。

「だけど、洗衣局の最下級の宮奴ごときがなにを言っても、なかに入れてくれるはずもないし――。まあ、見張りの宦官《かんがん》を引き離せなくても、どうにかしてこの壺をなかに入れられればいいわ。そうすれば壺中を通じて、外から入れるようになるもの」

瑶伽が衣の上から触れたのは、彼女の親指ほどしかない小さな壺だった。

本来であれば墨を入れて携帯するためのものだ。とはいえ今は空で、どんなときにも壺中仙を呼べるよう常に持ち歩いている。

「あっ、おまえ！」

しかしこの日の瑶伽は不運なことに、文書庫まであと少しというところで呼び止められてしまった。

どきりとして振り返ると、三十歳あまりと思われる長身の女が、汚いものを見るようにしてそこに仁王立ちしている。

「洗衣局の宮奴が、なんでこんなところにいるのよ！」

「す、すみません……！　あの、洗った衣類を届けに来たんですけど、なかで迷ってしまって……」

柳貴妃のお気に入りの侍女――阿嬌《あきょう》だ。

そう気づいた瑶伽は叱責に泣くまねをしながら、わざとしどろもどろに答えた。

こうすれば、子供相手だからと態度をやわらげる人間もいるからだ。

しかしそんな演技も、残念なことに阿嬌には通じなかったようだ。

「だったらさっさと寄越しなさいよ！　この愚図《ぐず》！」

しかもかなり虫の居所が悪いらしい。舌打ちした阿嬌は、瑶伽の捧《ささ》げ持っていた衣服を奪うと、その小さな身体を蹴り飛ばした。

「こっちは忙しいってのに！　手間をかけさせるんじゃないよ！　出口はあっちだから、さっさと出ていきな！」

柳貴妃の側仕《そばづか》えである阿嬌のことは、燿の王女だったときに、何度も目にしたことがある。

何事にも気がきき、物腰が穏やかな侍女――。それが阿嬌の印象だったが、こちらが彼女の本性だ。

阿嬌だけではない。

燿の王女には優しくても、身分が低い者には威丈高に振舞い、踏みつける。この後宮では、それに疑問さえ抱かない者がほとんどだった。

どうやら今日は、殿内を探るのは無理のようだ。折檻されなかっただけで幸運だと、瑶伽は足早に去ろうとする。しかし――。

「ったく、第六皇子が親王に封じられて、貴妃様の機嫌が悪いってときに――」

第六皇子――。

阿嬌のつぶやきに、瑶伽は思わず足を止めてしまう。

「なに？　まだなにかあるの？」

「……ごめんなさい。なんでもないんです」

はっと我に返り、瑶伽は小走りで阿嬌から離れる。そしてさきほどの物置き部屋に飛びこんだ。

「はやいではないか。もう終わったのかの？」

なかでは壺中仙が、ふてた様子のまま腰に下げていた瓢簞《ひょうたん》の酒をあおっていた。

しかし瑶伽の姿を見ると、ぱっと機嫌を直して笑顔を向けてくる。さながら仔犬《こいぬ》のようだ。

「ううん。今日はちょっと無理みたい……」

瑶伽は悔しかった。いくら壺中仙の力を使っても、人がいるところにむやみに出るわけにもいかない。洗衣局の宮奴では、できることは限られているのだ。

「のう、我の宝玉よ。そなたは、かねてよりこの宮にこだわっておるようじゃが、それはなぜじゃ？」

「……お父様の謀反に、この宮の柳貴妃が関係していないわけがないからよ」

「ほう？　そう思うのはなぜじゃ？」

「お父様が謀反を起したって主張して殺したのは、柳貴妃の叔父にあたる大司馬《だいしば》

――柳将軍なの。それに……」

「それに、なんじゃ？」

「……なんでもないわ。だけどこの宮の内部に入りこめれば、もっと詳しいことがわかるはずよ」

そう確信して、瑶伽はずっと機会をうかがってきたのだ。しかし二年待っても、なかなか好機はめぐってこない。

「うまくいかないわね。こんなんじゃ、いつお父様の仇を取れるのか……」

瑶伽はため息をこぼしてかたわらの棚に寄りかかった。

「翳《かげ》りのあるそなたも美しいのう。愁いを帯びていても、そのどす黒い復讐心は我の心をとらえて離さぬわ」

一瞬弱気になりかけた瑶伽だったが、しかし壺中仙のずれた発言を聞けば、悩むのが馬鹿馬鹿しくなる。

なんだかおかしくなって、瑶伽は少しだけ笑った。

「ここで嘆いていても仕方がないわね。今日はもう行きましょう」

「洗衣局に帰るのかの？」

瑶伽は首を振った。

「このまま帰ったら、はやすぎて逆に怪しまれるもの。今日は夕食にありつけそうもないし、いつものところに行くわ」

「おお、あそこは我も好きじゃ。行くぞ行くぞ」

上機嫌になった壺中仙の袖にふたたび包まれると、また周囲の景色が変わる。

次に瑶伽が出てきたのは、がらんとした部屋だった。

昔は豪華な調度で埋めつくされていたそこは、後宮の一角――かつて宸妃《しんひ》と呼ばれた人に与えられていた鴻天宮の部屋である。

今は無残に荒れているが、柱の優美さや格天井の優雅さは変わらない。それにこの一室だけは瑶伽が来るたびに埃《ほこり》を掃《はら》っているので、こっそり過ごすのに問題はなかった。

「ほれ。今日の夕飯は、豚肉と木耳《きくらげ》の炒《いた》め物のようだぞ。皮蛋《ピータン》豆腐に肉包《にくまん》もある」

たった今ふたりが出てきた花紋の壺に手をつっこみ、壺中仙が壊れかけた卓に魔法のように皿や蒸籠《せいろ》を並べていく。

それらはすべて、後宮の厨房《ちゅうぼう》からくすねたものだ。

「鶏《とり》の唐辛子炒めはある？」

「あいかわらず、我の宝玉は激辛好きじゃのう」

壺中仙がニヤリとしながら出してくれたそれを、瑶伽は背もたれの一部が折れた椅子に座って食べる。

柳貴妃をはじめとする最上位の妃たちの食事ほどではないものの、それでも妃嬪向けともなれば、洗衣局で出される菜とは味も香りも雲泥の差だ。舌がしびれるほどの辛みに舌鼓を打ちながら、瑶伽は思わず笑ってしまう。

「今ごろは調理担当の宦官が、消えた料理に首をひねっているでしょうね」

「なに、捨てるほど作っておるであろうし、ひとつやふたつ失敬したところで奴らもたいして困らぬであろうよ」

普段は酒以外あまり口にしない壺中仙も、今日は気が向いたのか、肉包をほおばる。それを眺めながら瑶伽は、かつて母とも慕っていた女《ひと》の温かな笑顔を思い出していた。

『まあ瑶伽、来てくれたのね。今日は美味《おい》しい蒸し物がたくさんあるのよ。一緒にお茶にしましょう?』

瑶伽が訪ねると、この宮の主《あるじ》はいつも鈴を鳴らしたような声で迎えてくれたものだ。亡くなる前の日まで、ずっと。

『さあ、淵之を呼んできてちょうだいな。あの子ったら最近剣の稽古に夢中で、私がなにを言っても聞こえないんだから』

「宸妃おば様……」

宸妃は、母の再従姉妹《またいとこ》にあたる人だった。

その縁で彼女は、生まれてすぐに母を亡くした瑶伽を、まるで娘のように可愛がってくれたのだ。

鴻天宮は様変わりしてしまったけれど、こうして深く息を吸いこめば、彼女の好んでいた香が今も薫ってくるかのようだ。

瑶伽は、最後の鶏肉を口に放りこむ。そして懐かしさに押されて、壁に立てかけておいた二胡に手を伸ばした。

音楽が好きだった宸妃は、たくさんの楽器を所持していた。多くは持ち去られてしまったが、運よく残されていた一挺《ちょう》を、瑶伽が拾っておいたのだ。

松脂《まつやに》を塗ってから弓を引くと、美しい音色が冴《さ》えた空気を震わせる。

瑶伽に二胡を教えてくれたのは宸妃だ。子供の手なので、あのころと同じ指づかいにはならない。それでも瑶伽は、いつの間にか夢中になって弾いていた。

楽しかった思い出のままに――。

『わたくしに逆らって、生きていけると思わないことね――』

しかしふいに冷たい声が脳裏に響き、瑶伽の手が止まる。

「どうしたのじゃ？　我の宝玉よ」

「……なんでもないわ」

打ち寄せる波のように耳の奥に蘇るのは、あのときの柳貴妃の声だ。

（もし私が違う言葉を口にしていたら、お父様を殺されることも、私が死ぬこともなかったのかしら……？　だけど、なんで柳貴妃は突然あんなことを言いだしたの？）

幾度となく自問してきたそれについて、瑶伽がふたたび考えかけたときだった。

突然、中庭に面した部屋の扉が開いた。

風に乗って、蠟梅《ろうばい》の甘い香りが瑶伽の鼻腔《びこう》をくすぐる。それに意識を奪われ顔を上げると、入りこんでくる黄色い花びらの向こうに人影が見えた。

「瑶伽――？」

それはもう、誰も呼ぶはずのない彼女の名前だった。

それを口にしたのは――。

「……淵之？」

まさかと思いながら、瑶伽はその名をつぶやいたのだった。

第二章　楽と裁縫は屍姫のたしなみ

皇宮へ入った淵之は、革の長靴《ちょうか》の音を響かせ朝堂たる武洪殿《ぶこうでん》に入った。

両側に居並ぶ百官の目が、一斉に彼に向けられる。それを受けながら淵之は、正面の玉座に座る父皇帝を見据え、うやうやしく戦勝を報告した。

「犀楼《さいろう》国との戦において戦功を上げた簫淵之を、一珠の親王に封じる」

皇帝の傍らに立っていた総監宦官が、甲高い独特の声で聖旨を読みあげる。

淵之は跪《ひざまず》いたまま玉座ににじりより、宦官の手から聖旨の記された絹布を受け取った。

「父皇のご恩典に感謝いたします」

「淵之よ――」

玉座の皇帝――十年前に高祖から位を引き継いだ簫睿之《えいし》は、みずからの末の息子に向けて温かみのある声をかけた。

「は――」

「今回のおまえの働きは、本当に見事だったと聞いているぞ。敵の急襲を受けたとき、おまえが敵の側面をつかせて軍の瓦解を防いだとか。そのおかげで、最終的に我が軍が勝利を得ることができたというではないか」

「運がよかっただけです」

淵之が謙遜すると父皇帝は、はっはっはと上機嫌で笑った。

「おまえには戦の才があるようだな。つい先年まではどうにも頼りなく思っておったが、なかなか大したものではないか」

止《や》むことのない父皇の称賛に、淵之の視界の隅で皇太子である異母兄——宣之《せんし》が、ぎりりと歯嚙みするのが見えた。

「これでおまえも郡王から親王へと位が上がった。親王となれば、今までとはなにもかも違うぞ。なにか望みがあれば申してみよ」

『——では〝燿王の謀反〟について再審を』

思わずその言葉が、喉をついて出かかる。

しかし淵之は、ぐっと奥歯を嚙みしめその衝動を抑えた。

（駄目だ。まだはやい——）

再審を要求するということは、皇帝の下した裁可に異を唱えるということ。

今の淵之には、万人が納得するだけの絶対的な証拠も、いったん下った皇帝の裁可を覆させるだけの力もない。

父皇帝の怒りを買って、二度と再審を口にできなくなっては元も子もないのだ。

「皇后からは、おまえに正妃を娶らすよう願いが出ておるぞ」

答えない淵之に勘違いしたのか、父皇帝が唇に笑みを浮かべる。

不快な方向へ話が進み、淵之は内心で舌打ちした。

「私は若輩者ですので、その必要はありません」

「そのようなこともあるまい。現にこうして武勲を――」

「まだそのような気持ちにはなれませぬ」

淵之は、無礼を承知で父皇を遮った。

きっぱりと口にすると、理由を慮《おもんぱか》ったのか、父皇帝もうなずいた。どうやら今のところ無理強いをするつもりはないらしい。

「では、なにがよい？　なんでもよいぞ」

「それでは……鴻天宮を使用する許可を賜りますよう、父皇にお願いいたします」

本懐の代わりに淵之が口にしたのは、今は亡き生母が使っていた宮殿の名だった。

母と、そして瑶伽との思い出の宮――。

「なに？　鴻天宮だと？」

しかしこれには父皇帝も、眉をひそめた。

無理もない。淵之の生母である宸妃は、五年前に皇帝の弑逆《しいぎゃく》を図ったとされた女だからだ。その後宸妃が病死したためうやむやにされたが、その疑いが完全に晴れたわけではない。

淵之は父皇を刺激しないよう、言葉を選びながら続けた。

「こうして親王の位を賜り、後宮におわす義母上――皇后様に自由にお会いする許可を賜りました。しかし義母上の宮には、第二皇子《兄上》もおられます」

皇后が、生母を亡くした淵之を養子としたのは、実子である第二皇子が、皇位を望めぬほど病弱だからだ。

そのため第二皇子は、ほかの皇子たちとは違って、成年した今も皇后の宮で暮らすことを許可されている。

「私がたびたび訪れては、兄上も落ち着きませぬでしょう。生母の行いにかかわらず、鴻天宮には幼いころの思い出もございます。どうかお許しいただけますようお願い申し上げます」

淵之の嘆願に、皇帝は思案するように玉座の肘掛けをとんとんと指で叩き、やがて答えた。

「よかろう」

武洪殿の階《きざはし》を下りた淵之は、つめていた息をほっと吐きだした。

「気をつけなよ？　皇上がおまえを褒めまくるから、皇太子がすっごい顔してにらんでたよ」

後ろに控えていた稜裕が、彼の耳元でささやいた。

「わかってる」

七歳上の宣之は、現在後宮を牛耳っている柳貴妃を母とする父皇の第三子だ。その異母兄が、最近力をつけてきた末弟をひどく警戒していることには淵之も気づいていた。

「だが、どうせ大人しくしていたって、いずれぶつかるだろ？」

正直、皇位になど興味はない。

だから幼いころの淵之は、兄たちと争うことのないよう、ひっそりと生きてきた。

しかし今は、瑶伽の汚名を雪ぐためならば、どんなことでもするつもりだった。

そのために皇位が必要なのだとしたら、宣之から奪うことさえ厭うつもりはない。

「やっぱり君は、燿王の件に、皇太子が絡んでいると思ってるんだね」

「宣之か、柳貴妃か――。燿王を殺した大司馬は、柳貴妃の叔父だ。そう考えるのが普通だろ」

　燿王と、そして瑶伽の死を思い出すたび、今も淵之は突きあげてくる怒りに心が食い破られそうになる。まるで飼いならすことのできない怪物を、無理やり身のうちに閉じこめているかのようだ。

「それは理解できるけどね……、だけど、皇太子に燿王を陥れる動機なんてあったのかねえ？」

「それは……正直わからない。燿王は温和な人柄で、宣之や柳貴妃との間に確執があったとも思えないしな」

　しかし手がかりがないならなおさら、力をつけなければ父に再審を認めさせることさえできないだろう。

　そして父皇の信頼を得れば得るほど、宣之からは目の敵にされるに違いない。ならば皇太子と渡りあえるだけの力を得なければ、いずれつぶされる。

「だったら、せめて皇后様との関係は崩さないようにしなよ。生母の宮を使わせてくれなんて、君を養子にした皇后様だっていい気はしないだろうに」

「わかってるよ。だけどあそこには、母上や瑶伽との思い出がつまってるんだ」

五年前に母が亡くなり、皇后の宮に引き取られてからずっと淵之は、封鎖された鴻天宮への立ち入りを禁止されていた。

そうでなくても、成人した皇子たちが後宮に入れるのは、月初めの一日に母妃に挨拶に訪れるときのみ。皇后の許可なく、皇帝の妃嬪が暮らす後宮に自由に出入りできるのは、皇子のなかでも親王だけに許された特権なのだ。

だが、鴻天宮に戻れないなら、そんな特権になんの意味があるのか。

「さっそくこれから行くのかい？」

なにを言っても無駄だとわかっているのか、稜裕は肩をすくめて訊《たず》ねた。

「長年使われてなかった宮だ。いろいろと手を入れないとならないだろうからな」

「それはいいけど、戦も終わったことだし少しは寝なよ？」

淵之の不眠を知っている稜裕は、ため息をつきながら忠告してくる。それに苦笑で答え、彼はひとり後宮に向かった。

淵之が親王に封じられたことはすでに周知のようで、後宮の宦官兵は阻むことなく彼をなかへ通してくれる。

（わかってる。たぶん間に合っても、あのときの俺では、たぶん瑶伽を守れなかった……）

目立たないようにいつも身を引いてばかりだったあのころの淵之には、すでに下された父皇の裁可を覆すだけの力はなかったに違いない。

だからこそ、淵之は自分が許せない。

そのためにこの二年、淵之は隠れるように生きてきた自分を棄《す》てたのだ。

そして父皇帝の信頼を得るべく戦で功を上げ、政にも積極的に関わって宮中での地歩を築いてきた。

それもすべて、自分の手のなかのものを、二度と奪われないようにするためだ。

（もう、あんな思いをするのはごめんだ）

その決意を胸に淵之が鴻天宮の門を潜《くぐ》ると、なかは予想以上に荒れていた。

落ち葉が幾重にも積もった石畳に、蜘蛛《くも》の巣が張った漏窓。木は伸び放題で、雑草もいたるところに茂っている。

それでも淵之は、柱廊の向こうに見えた池に顔をほころばせた。

「あの橋の上から、瑶伽とよく鯉《こい》を眺めたな。米を投げ入れると集まってくるのが楽しくて、瑶伽は飽きずに遣《や》りつづけてた。渡り石は……そういえばどっちが先に渡るかで喧嘩《けんか》して、池に落とされたことがあったな。あの四阿《あずまや》までは、よく瑶伽と競走して――」

瑶伽、瑶伽、瑶伽――。

どこを見ても、彼女の思い出が込みあげてくる。

次第にやりきれなくなって、淵之は池のほとりにしゃがみこんだ。水面を覗《のぞ》きこむと、ひどくよどんでいて、過ぎ去った時を感じさせた。

ふたたび庭園を見まわし、淵之はつぶやいた。

「整備するにも、まずは人を入れないとならないな。だが信頼できる者といっても、なかなかなかなあ。鴻天宮に仕えていた者たちは、あれから散り散りになったと聞いているし」

ため息をついた淵之の前で、蠟梅の黄色い花びらがざあっと舞った。

「花だけは、あのころと変わらないか――」

馥郁《ふくいく》とした甘い香りに苦笑しかけた淵之は、そこで言葉を切った。風に乗って二胡の音が聞こえてきたからだ。

「誰だ？　今は無人の宮のはずなのに」

打ち捨てられ、宮を維持する最低限の宮女もここには置かれていないはず。

なのに、いったい誰が――。

「母上の――いや、瑶伽の……二胡？」

まさかと思いながらも耳を澄まし、淵之は誘われるようにその調べに引き寄せられた。

心の奥が震える。もう聞くことはできないと思っていた音だと。

はやる心のまま、気がついたら彼は駆けだしていた。

そんなはずはない――。

瑶伽は死んだのだ。

だけどこの音は――。

「瑶伽――!?」

幻であるなら消えないでほしい。そう願いながら淵之は扉を開け放った。

「子供……？」

しかしまた、彼は落胆した。

そこにいたのは、もちろん瑶伽ではない。

それどころか、十歳ほどの幼い少女だったからだ。

瑶伽とは似ても似つかない娘。

ぱっつんと揃《そろ》えられた前髪に、くりくりとした目が愛らしい。長じればそれなりに美しくなりそうな。

（いいかげん、あいつを探す癖をどうにかしようと思ったばかりなのに……！）

淵之は舌打ちしながら質《ただ》した。

「おまえ、どうしてこんなところにいる？　ここは普段立ち入りを禁止されているところだぞ」

人が来るとは思っていなかったのだろう。少女のほうも目を見開いたまま固まっている。

「どうした？　口が利けないのか？」

みすぼらしいお仕着せを見ると、どうやら洗衣局に所属している者のようだ。

あまりに身分が低い者を追いつめるのは性に合わない。しかも相手は子供である。

それでも思い出を汚された気にさせられ、声が低くなるのを止められない。

「あ、おい！」

しかし慌てて申し開きをすると思った少女は、突然彼の前から逃げだした。

反射的に追いかけ、そして淵之は啞然《あぜん》とする。

少女が曲がった角の先には、すでに人影さえ見あたらなかったからだ。

＊

「危なかった……！」

壺中仙の力で洗衣局の裏手に出た瑶伽は、肩で息をしながらつぶやいた。

「まさかあの子が、鴻天宮に現れるなんて」

淵之は宸妃の実子だ。

しかし宸妃が亡くなったとき、謀反の噂もあったことから鴻天宮は閉鎖され、彼も宮への立ち入りを禁止されていたはずなのに。

「あの男はなんじゃ？　なぜ逃げたのじゃ？」

壺中仙の腕から離れると、彼がなにやら不機嫌に訊ねてくる。

「あれは第六皇子の淵之。私の……婚約者だった男よ」

「ほう？」

そう、婚約者だった。

母同士が再従姉妹だった縁で決められた縁組だが、幼いころは彼とよく一緒に遊んだものだ。

成長するにつれて、互いに口を利くことも少なくなってはいたけれど。

「でも、考えてみたら逃げる必要なんてなかったわね。今の私を見たって、あの子が気づくはずもないんだから。勝手に立ち入ったことにだけ、適当に言い訳しておけばよかったのに」

淵之は残忍な性格ではない。身分が天と地ほども違う者に、そこまで厳しくあたりはしないはずだ。

「知りあいであるなら、教えてやらぬのか？　そなたであると」

「もう、関係ないもの」

記憶のなかにある淵之よりも背が伸びていた。顔つきも精悍《せいかん》になっていて、会うことのなかった二年もの歳月を思わせた。

瑶伽の知るころの彼は、末の皇子というだけでなく内弁慶な性格もあって、さほど目立った皇子ではなかった。

しかし最近の彼は武勲を上げ、皇子として頭角を現しているらしい。

そんな噂は洗衣局にも聞こえていたし、さきほどの阿嬌の話では、彼は親王にも封じられたという。

だが、それがなんだというのか。

瑶伽の今後が、彼の人生と交わることはない。

「それに、どうせ言ったって信じないわよ。私が瑶伽だなんて」

「むふふふふ」

「なに？」

「いやのう。好いた女子が目の前にいるのに、それを知らずにのうのうとしている男だなど、想像するだけで笑えると思ってのう」

「好いた、ですって？」

不気味な笑声をもらした壺中仙の妄想に、瑶伽は吹きだした。

「べつに好かれてないわよ。婚約っていっても親が決めたことで、あの子にはむしろ嫌われてたもの」

「そうなのか？」

「そうよ。あの子いわく、私との結婚は『人生最大の不幸』なんだそうよ」

幼いころは素直で可愛かったのに、いつからだろうか。淵之は瑶伽を見るとそんな悪態ばかりつくようになっていた。

「ほかにも気が強いだの、愛嬌《あいきょう》がないだの、さんざん言われたわねえ。年頃になってからは娼館《しょうかん》にも通ってたようだし」

「ほう」

「お父様が捕らえられたときだって、疑いを晴らすために手を貸してくれるかもって連絡したけど、結局無視されたし——」

あのときのことは、今でも思い出すと胸の奥が締めつけられる。

父王謀反の一報を受けた直後のことだ。なんとかして嫌疑《けんぎ》を解かねばと考えた瑶伽は、淵之の助力を頼もうと文を書いたのだ。

いくら嫌われていても幼なじみではあるし、彼は父である燿王とはずっと仲がよかったからだ。

戦地にいるとはいえ、軍の駅逓《えきてい》を使えば文が届くまで半月ほどのはず。

しかし結局、いくら待てども、彼からの返信はなかった。

「私も、そこまで邪険にされるとは思ってなかったのよね。あのときは、他人に期待しても無駄なんだってことを、心の底から思い知らされたわ」

空虚な瞳で、瑶伽がそうつぶやいたときだった。

洗濯場のほうから、ざわざわとした声が聞こえた。

「なに——?」

「女たちが騒いでおるのう。なにやら争っているようじゃぞ」

「争う？」

ひとまず壺中仙を壺のなかに入らせ、瑶伽はいつも作業している中庭の洗濯場へ足早に向かった。するとそこには、洗衣局中の宮奴たちが集まっているようだった。

「違います！　私ではありません！　お預かりした衣類は、いつも丁重に扱っております」

人垣になっている間からそっと覗くと、そう叫んだのは、さきほど瑶伽に仕事を押しつけた玲媛だった。

そしてもうひとり――。

「だったら、どうしてこんなことになっているのか説明しなさいよ！　おまえが洗ったんでしょう⁉」

蓮花宮で瑶伽を足蹴にした阿嬌が、甲高い声で玲媛を怒鳴りつけていた。

「これはねえ、貴妃様から賜った大切な霞帔《かひ》なのよ！　それに穴なんて開けて、宮奴ごときがどう責任を取るつもり？」

貴妃付きの侍女である彼女が、洗衣局になど来るなんてめずらしい。

そう思っていたが、どうやら彼女の霞帔――薄絹で織られた肩掛けに、親指大の穴が開いてしまっていたようだ。

「それは……」

柳貴妃のお気に入りの侍女である阿嬌の怒りに、玲媛は震えあがった。宮奴ごときが高価な衣を傷つけたとあれば、死を免れないかもしれないからだ。

「それは、あの子供がやったのです！」

しかし気がつくと、玲媛の指が瑶伽に向けられている。それをたどり、集まった宮奴たちの視線も、一斉に瑶伽に注がれた。

「その霞帔は、柳貴妃様の宮まであの子に届けるよう言いつけたものです。子供ですから、運んでいる間にいじって穴を開けてしまったのでしょう」

瑶伽は眉をひそめた。

あいかわらず玲媛は、自分に起きた不都合は、すべて瑶伽に押しつければどうにかなると思っているようだと。

「私はやっていません」

瑶伽は静かな声で否定した。

「嘘《うそ》をつくんでないよ！　正直に言いな！」

玲媛は高圧的な口調で迫った。そうすれば瑶伽が、怯《おび》えてなにも言えなくなると思っているのだろう。

瑶伽が、この洗衣局の宮奴——瑜依として目覚めてから、ずっと無力な子供を演じてきたからだ。

しかし今回の瑶伽は違った。

「玲媛は、左手の小指の爪を長く伸ばしているんです。洗衣局では本来、お預かりした大切な衣類を傷つけないよう、爪を短くするよう命じられています。しかし彼女は、それに従っていませんでした」

長い爪は、労働に従事する必要のない高貴な女性の象徴である。もともと裕福な官僚夫人だった玲媛は、その習慣を棄てられなかったのだろう。

「ですが、毎日洗濯なんてしていたら当然爪は割れます。そこが引っ掛かり、布地が引き攣《つ》れて穴が開いたのではありませんか」

「あたしも、玲媛が爪を伸ばしているのを見たわ！」

自分の生まれを鼻にかけ、普段ほかの宮奴たちを馬鹿にしている玲媛には、敵も多い。ここぞとばかりに宮奴のひとりが言った。

「あんた！」

自分に不利な発言をした宮奴を、玲媛がぎっ、とにらみつけた。

しかしその隙に、ほかの宮奴が膝をついている玲媛に駆け寄る。彼女の手を取って持ちあげると、やはり長く伸ばされた爪が欠けている。

「たしかに、この爪では容易に薄絹にひっかかるでしょう」

「しかもこの宮奴、爪を紅《あか》く染めていますよ」

阿嬌について来た侍女たちも、彼女に耳打ちする。

「誓って！　誓って私ではありません!!　あの子供です！」

「ああもう、どっちの仕業よ！」

阿嬌が苛立った声をもらした。

「いいわ、ふたりまとめて罰を与えてやるんだから。ひとり十回ずつ杖《じょう》打ちの刑よ」

「ひっ……！」

「待ってください」

玲媛が悲鳴をもらすなか、瑶伽は落ち着いた声で言った。

「もしよかったら、その霞帔を私にお任せいただけませんか？」

「おまえに？」

瑶伽の子供らしからぬ大人びた口調に、阿嬌が怪訝《けげん》な眼差しを向ける。

「なによ、どうするっていうの？」

「私は刺繡《ししゅう》が得意なんです。もしお許しをいただけるのでしたら、穴の開いたところに刺繡を入れて、生まれ変わらせてみせます」

そう言って瑶伽は、袂《たもと》に入れていた自分の手巾を見せた。

洗衣局では、預かった衣類がほころんでいたときに繕えるよう、裁縫道具が置かれている。余った糸を利用し、時間を見つけては瑶伽が刺した花々が、その手巾には施されていた。

子供の手によるとは思えない見事な出来に、周囲の宮奴たちがざわめいた。

「絹糸を用意していただければ、もっと美しく仕上げてみせます。ですから――」

瑶伽は唇を湿らせ、意をけっして言った。

「もし私が阿嬌様を満足させられたら、蓮花宮で使っていただけませんか？」

「なんですって？　宮奴のくせに、私に要求するつもり？」

「とんでもありません。ですが刺繡ができる小間使いがいれば、きっと阿嬌様のお役に立てると思うんです」

阿嬌は少し思案した様子で瑶伽の顔を眺めると、やがて嗜虐《しぎゃく》的にも見える笑みを浮かべて言った。

「……いいわ。もしおまえが、本当に私を満足させるものを刺繡できたら、貴妃様にお願いしてあげましょう。だけどできなければ、杖打ち三十回よ」

その言葉に、あたりにざわめきが走った。

「さすがに残酷すぎるよ……！」

「あんな子供が、そんなに打たれたら死んじまう」

杖打ちといえば、硬い栗の木を削って作られたこん棒で、尻や背中を叩く刑罰である。

皮膚が裂けるだけでなく骨が砕けることさえあり、屈強な男であっても、十回も打たれれば数ヵ月は寝こみかねない過酷なものだ。

幼い身でそんな目にあえば、瑶伽は間違いなく死んでしまうだろう。

「なによ？　私の決定になにか文句があるっていうの⁉」

しかし阿嬌がにらみつけると、みなぴたりと口をつぐんだ。

「今なら、それぞれ十回ずつにしてあげるわ。どう？」

しかし瑶伽は迷うことなくうなずいた。

「かまいません」

これは好機だからだ。柳貴妃の宮に入りこむための。

このまま洗衣局にいては、いつまで経《た》っても復讐なんて叶いやしない。だから瑶伽は賭けに出たのだった。

＊

洗衣局で、ちょっとした騒ぎがあったらしい。

淵之がそんな話を小耳にはさんだのは、鴻天宮で見かけた子供を探そうと、その洗衣局に足を運んだからだった。

「十歳くらいの子供ですか？　それなら瑜依だと思います」

普段、皇族が来ることなどないからだろう。洗衣局を統括しているという袁女官は、ひどく緊張した様子で答えた。

「父親の罪の連座で、母親とともに洗衣局に入った娘です。その母親は数年前に亡くなりまして、その後はひとりで――」

「その娘はどこにいる？」

「蓮花宮に絹糸をもらいに――、あ、帰ってきました」

袁女官が指さした先にいたのは、間違いなく鴻天宮で見た娘だった。

「おい、おまえ――」

声をかけようとすると、淵之に気づいたらしい幼い顔が「げっ」とばかりに歪んだ気がした。

無断で鴻天宮に立ち入ったことを叱られると思っているのだろうか。

しかし皇族に呼ばれて逃げられるはずもない。少女は観念したように駆け寄ってきて、淵之の前で膝を折った。

「おまえ、さっき鴻天宮にいたよな？　勝手に入ったことは責めないから、教えてほしいことがある」

怯えているのか、少女は下を向いたままだ。なだめるつもりで、淵之はもう一度訊ねようとした。

「おまえ、あそこで二胡を弾いてただろ――」

「申し訳ありません。官婢に落とされはしましたが、かつては生家で弾いていたので、つい懐かしく……」

「そうか。もとは役人の娘だったたな。だったら不思議はないな」

少女の言い訳が嘘百八とは気づかず、淵之はひとり納得した。

「おまえ、二胡は誰に教わったんだ？」

「は？」

唐突な質問だったのか。少女は虚をつかれたように顔を上げた。あどけない顔だ。みすぼらしくやせ細ってはいるものの、やはり育てばなかなかの美少女になるかもしれない。

「誰かに教わったんじゃないのか？　それって――」

「母です」

瑶伽ではないのか。そう続けようとした淵之に、少女はそっけなく言った。

「本当にそうなのか？　答えてくれ。おまえに二胡を教えたのは、もしかしたら俺の知っている女かもしれない」

「違います」

「じゃあおまえの母親が教わったのかもしれないな。母親の名前はなんという？　父親は役人だったということだよな？　ということは俺の知っている者か？」

黙りこむ少女に、淵之は焦《じ》らされた。

「おまえ、蓮花宮へ移りたいと申し出たそうじゃないか。柳貴妃の侍女が、おまえの刺繍を気にいれば、取り立ててもらえると聞いたぞ」

「――はい」

「洗衣局を出たいなら、鴻天宮で使ってやる。これからあの宮を整える予定なんだが、人手が足りなくて困ってるんだ」

（俺はいったい、子供に……しかも宮奴相手に、なんでこんなにも必死になっているんだ？）

あの二胡の調べに、瑶伽を思い出したからだろうか。

（それともこの意思の強そうな眼差しが、どこか瑶伽を彷彿《ほうふつ》させるからか……？）

無言で跪く少女を見つめ、淵之はさらに言葉を重ねた。

「どうだ？　柳貴妃の宮に仕えるよりも——」

「申し訳ありません。ありがたいお話ですが、蓮花宮にお仕えするのが長年の夢でしたので」

「……そうか」

取りつく島もない態度に、淵之のほうが逆に追いこまれていく。しかし淵之は、あきらめきれずに食い下がった。

「じゃあ、もう一度俺に二胡を聴かせろ」

「はい？」

「もう一度鴻天宮で弾くんだ。それであきらめてやる」

豆鉄砲を食らったような少女に向かって、淵之はそう言ったのだった。

（どうしてこんなことになるわけ……？）

昔から言いだしたら聞かないところのある淵之は、袁女官に話をつけると本当に瑶伽を鴻天宮へと引っ張ってきた。

宮奴である以上、皇族の命を断ることなどできるはずもない。仕方なく瑶伽は、鴻天宮のいつもの部屋で二胡を弾きはじめる。

（ああもう！　はやく刺繍に取りかかりたいのに！）

与えられた時間は、たった三日だ。

（阿嬌を満足させるには、簡単な刺繍では駄目なのよ。彼女は派手好きで、ほかの侍女たちに抜きん出られるよう、いつも変わったものを好んでいるもの）

もちろん刺繍だけでなく、並行して普段の洗濯仕事もこなさなければならない。

正直寝る間もおしいくらいだというのに、どうしてここで二胡を弾かされているのか。

「……しかも、無理やり人に弾かせてるくせに、自分はさっさと寝るってどういう了見なの？」

苛立ちながら瑶伽は、先ほどから少し離れた長椅子で寝息を立てはじめた淵之をにらみつける。

ずっと使われていなかった部屋だが、瑶伽が最低限の埃は掃っているので、淵之は気にならないようだ。実に気持ちよさそうに眠っている。

「馬鹿馬鹿しい。帰ろ」

これ以上付きあっていられないと、瑶伽は手を止め立ち上がった。

刺繍が仕上がらなければ、瑶伽は杖打ちで今度こそ命を落とすかもしれない。淵之はそのあたりの事情まで知らないようだが、命令に逆らえない相手を悪意なく追いつめている。それに気づかない彼に腹が立ってしょうがない。

「まだ帰るなよ」

しかし寝ていたはずの淵之が、声をかけてくる。皇子にそう言われては、今の瑶伽に拒否する術《すべ》はない。

しかし不満が顔に出たのだろう。むくりと起きあがった淵之は、言い訳するように続けた。

「刺繍をする時間がほしいのはわかっている。洗衣局の仕事をしなくていいよう、袁とかいう上官には話をつけてやるから、刺繍はここでやればいい。その代わり二胡を――」

「けっこうです」

普通に考えれば、皇族の命を拒否するなど言語道断だ。それでも瑶伽は、湧きあがる怒りを我慢できずに彼に告げた。

今の瑶伽には、淵之の言葉から身分の高い者特有の傲慢さが感じられて不快だったからだ。

（哀れな宮奴を助けてやろうとでもいうつもりなの？）

だけど彼を責める資格なんてないこともわかっている。きっと瑶伽も、昔は彼と同じように、身分の低い者たちの気持ちに無頓着なところがあったのだろうから。

それでも、彼に助けを求めたときに無視された絶望と苛立ちが、胸に込みあげてきてならなかった。

（なによ、あのとき私たちを見捨てたくせに……！）

淵之には、ぜったいに頼りたくない――。

「失礼します」

瑶伽は、拒否されたことに唖然としている淵之を無視して、廊下に出る。そして懐に忍ばせていた墨壺から壺中仙を呼びだした。

「待て――」

我に返ったらしい淵之の声が、背後に聞こえた。

しかし瑶伽は、かまわずに現れた壺中仙の胸に飛びこんだのだった。

＊

「まあ。おまえが、阿嬌が言っていた子供なのね」

そして五日後、瑶伽は柳貴妃の目の前で膝をついていた。

瑶伽の刺繡が、阿嬌を感嘆させるのに充分な出来だったからだ。

もともと刺繡は、貴族の娘にとってたしなみのひとつである。瑶伽も、かつて母替わりだった宸妃に教わっていて、腕には自信があったのだ。

そのうえ、柳貴妃にいつも付き従っている阿嬌のことはよく見かけており、その趣味も熟知していた。

(複雑なものを刺繡する時間があるかどうかだけ心配だったけど、仕事を代わってもらえて助かったわ。おかげで最後まで仕上げることができたもの)

驚いたことに、何人かの宮奴が、瑶伽に割り振られた洗濯物を引き受けてくれたのだ。

彼女たちのなかには、瑶伽が蓮花宮に引き立てられれば自分に有利になると考えた者もいたようだし、さすがに幼い彼女に同情した者もいたようだ。なにより玲媛が嫌われていたということもあった。

「洗衣局の宮奴でしたが、もとは官僚の娘のようで、なかなか見事な刺繍の腕を持っております。それに子供のわりに頭もまわるようです」

直答は許されていないため瑶伽が頭を垂れたままでいると、阿嬌がそう得意げに答えた。

(とはいえ、まさかこんなにはやく柳貴妃と会えるとは思ってなかったわ)

今の瑶伽は、所詮洗衣局から来た最下級の宮奴にすぎない。

蓮花宮に入るにしても、手柄を立てなければ柳貴妃の側近くには上がれないと思っていたので、それは意外だった。

(それだけ阿嬌が信頼されているということかしらね)

「顔をお上げなさいな」

おっとりとした声をかけられ、瑶伽はゆっくりと視線を上げた。にらみつけないよう気をつけながら、ひさしぶりに柳貴妃を正面から見据える。

（あいかわらず、若作りな女ね――）

瑶伽がそう感じたとおり、柳貴妃は二十代後半の息子がいるとは思えない少女のような風貌の女だった。

身にまとっているのは、百花を刺繍した薄桃色の衣だ。艶々とした黒髪を彩る蝶《ちょう》の髪飾りとあいまって、まるでそこだけ春が来たかのような華やかさである。

花瓶に初咲きの白梅を活ける手を止め、その香りに顔を寄せる様は純真そのもの。しかしその無邪気さの奥に潜む残虐性を、瑶伽はもう知っていた。

（皇上が一番に寵愛《ちょうあい》しているのは柳貴妃だって言われているけど、実際のところはどうなんでしょうね）

宮中でそう考えられているのは、柳貴妃が生んだ第三皇子が皇太子に立てられているからだ。

考えながら瑶伽は、柳貴妃の白魚のような手の小指と薬指にはめられた、伸ばした爪を保護する七宝の付け爪を見つめた。

「ふふ。器量は悪くないわねえ。いいわ。この宮で使うことを許しましょう」

ほっと胸を撫《な》でおろした瑶伽に、歌うように柳貴妃は続ける。

「でも、霞帔に穴を開けた宮奴は、杖打ち五十回にしておやりなさいな。宮奴のくせに爪を伸ばしたり染めたりするなんて生意気ですもの」

そう。見かけどおりの女性であれば、皇后を押さえて後宮を掌握するなんて芸当ができるはずもないのだ。

以前の瑶伽には、そんなことさえ見抜けなかったけれども――。

「承知しました」

表情ひとつ変えずに、阿嬌がうやうやしく頭を垂れた。そのときだった。

「母上！　聞いてください、母上！」

扉の向こうが急に騒がしくなったかと思うと、柳貴妃の実子である皇太子が、部屋に飛びこんできた。ひどく機嫌が悪そうに、礼を取ろうとする侍女たちを突き飛ばして母親に歩み寄る。

「あら、宣之殿。どうしましたの？　ご機嫌ななめなのね」

「父皇が、またも淵之にだけ任務を与えたのです！　私のほうがお役に立てるというのに、最近は奴ばかり重用なさる！」

「まあ、ふふ。淵之殿は太子であるあなたとは違い、臣下ですもの。皇上が仕事をお与えになるのも当然でしょう？　下々のことは放っておけばいいわ」

息子に対するものとは思えない甘い声で、柳貴妃は笑って言った。

「ですが……！　父皇は、戸部や吏部の者にも協力するよう伝達なさったのです！　奴がこれ以上六部とつながりを持てば、厄介なことになりますぞ！」

（へぇ、淵之も昼寝ばかりしているわけじゃないのね。昔は兄たちに目をつけられないよう、馬鹿なふりまでしていたのに）

野心を疑われないよう、敵愾心《てきがいしん》をもたれないよう。なにより皇位を狙っていると警戒されないよう。

見ているこちらが苛々するくらいだったのに、変われば変わるものだ。

「気にしなくても大丈夫ですわ。皇后様の子といっても、所詮は養子ですもの。でもそうね。愚かな気を起す者がでないよう、六部のほうには、いつも以上の贈り物をしておきましょうか」

「さあ殿下。貴妃様が殿下のために、南国のめずらしい果物を取り寄せてくださってますよ」

すかさず阿嬌が皇太子に声をかける。それと同時に目配せされ、我に返った瑶伽は柳貴妃の前を辞した。

「困ったわねえ。皇后様がまた調子に乗らなければいいのだけれど」

さきほどまで活けていた梅の花びらをむしりながら微笑《ほほえ》む柳貴妃に、ぞわぞわとしたものを感じながら――。

「杖打ち五十回とはのう。あの玲媛とかいう宮奴は、耐えられずに死ぬのではないか」

阿嬌の使いと嘘をついて物置き部屋に入ると、棚上の壺からにゅるりと出てきた壺中仙が言った。

「そうでしょうね」

瑶伽は、そっけなくうなずいた。

阿嬌にとっては、霞帔を傷つけたのがどちらかなんて、たいして興味がないことなのだ。ただ大切な衣を傷つけられ、溜飲《りゅういん》を下げたかっただけ。

しかし最終的には、玲媛が宮奴のくせに爪を伸ばしていることが柳貴妃の怒りを買ったのだ。

「たかが爪くらいで殺されるなんて、本当にくだらない……」

瑶伽はつぶやきながら、とうにぼろぼろになっている自分の爪を見た。

そういえば瑶伽も、子供のころに大人を真似《まね》て爪を紅くしたことがあった。

ホウセンカの花びらとカタバミの葉を一緒に揉《も》んで、爪に塗るのだ。それを油紙で覆った上から布を巻いておくと、翌日には紅色に染まると教わって。

それは実際に大人が紅花で爪を染めるのとは違って、おままごとのようなものだったけれど。

『まあ、瑶伽。とってもきれいよ』

瑶伽がうれしくなって見せると、宸妃はやさしく微笑んでくれた。

『へっ！　そんなの、瑶伽にはちっとも似合わねーよ！』

だけどそういえば、淵之にそう笑われてから、瑶伽は爪を染めることをやめたのだ。成長してからもずっと。

「満足かの？　そなた以前から、あの女の洗ったものにだけ、傷をつけておったでなあ」

爪が割れている宮奴なんて、本当は洗衣局にいくらだっている。だから瑶伽が玲媛の爪に言及しなければ、彼女も死ぬことなんてなかっただろう。

「……あの女は、瑜依を殺した犯人だもの」

「ほう」

瑜依の身体に蘇ってから、瑶伽が復讐しようと誓ったのは、父王を陥れ自分を処刑に追いこんだ者だけではない。

同時に、瑜依を殺した者に対しても、ずっと機会をうかがっていたのだ。

「玲媛が宮奴として洗衣局に入れられたのは、二年前。瑜依が死ぬ少し前だって聞いたわ。卑しいと蔑んでいた者たちと同じ立場になったのが、よっぽど納得できなかったんでしょうね」

そんな抑えきれない鬱憤が、反抗する術のない瑜依に向かったことは、容易に想像できる。

「だけど、それが瑜依を殺していい理由になんてなるわけないじゃない」

幼い瑜依は、些細《ささい》なことであの女から責められ、執拗《しつよう》な折檻を受けたすえに絶命したのだ。

さすがに私刑でほかの宮奴を殺したとなれば、罰は免れない。しかし運命のいたずらで、瑤伽が瑜依の身体で目覚めてしまった。そのため玲媛は数日食事を抜かれるなどの、けん責を受けただけなのだ。

「ならばそなたは、その娘の仇を討ってやったということか」

「べつに、そんなきれいごとを言うつもりなんてないわよ。だって、そうやって殺された瑜依の身体を使わせてもらっているのは私なんだもの。玲媛を責める資格なんてあるわけない」

それでも、死んだ瑜依の無念を晴らすくらいはしてやらなければと思っただけだ。

「ただ、玲媛への復讐を蓮花宮に入る契機にできたのは、想定外だったけれども

ね」

だからえらそうなことはなにも言えないのだと、瑶伽は自嘲した。

「昔の私だったら、こんなことはしなかったでしょうね。他人を陥れて、それを利用するなんて。だけどそれで相手を死なせたとしても、もうなにも感じないわ」

なぜならこの世が、裏切りや謀略で成りたっていると、知ってしまったからだ。

だけど瑶伽とて、いつ同じ立場になってまた命を落とすかわからない。

今日の玲媛は、明日の瑶伽なのだ。

「やはりそなたは、ますますいい色に染まっていくのう」

「……だから、私を殺さないの？　私を殺せば、すぐに私の魂を玉にできるのに」

「前にも言ったであろう？　我は殺生は好まぬ」

「死んだ魂で玉を作るのが趣味のくせに？」

なにも感じないはずなのに――。

なのになぜだろう。このときは、普段は口にしない言葉が止まらなかった。

爪に色をつけるための紅花は高価なもの。宮奴とされてそれが手に入らなくなった玲媛は、わざわざ後宮中を探してホウセンカを摘み、花びらを乾燥させて使っていた。

きっと玲媛にとって、爪を長く美しくすることは、奴隷に落とされたことに対する唯一の反抗だったからだ。

「美しき我の宝玉よ――」

壺中仙は困ったような表情を浮かべ瑶伽を抱きしめる。

「なに？」

そのままぽんぽんと頭を撫でられ、怪訝に思った瑶伽は訊ねた。

「こうしてほしいのじゃろと思っただけじゃ」

「なにそれ？」

ごまかされているのだろうか。そう思うけれど、なぜかささくれた気持ちがなだめられていく。

「……わかっているわ。約束だもの。私が死んだら、この魂はあなたにあげる。玉にでもなんでもすればいい。だから今は、私が復讐できるよう協力してくれればそれでいいわ」

今はこうして温かく包みこんでくれる壺中仙も、瑶伽の命が危うくなれば玉を作るために放置するに違いない。

だから、頼れるのは自分だけ。

だけど壺中仙のおかげで、こうしてわずかな安らぎを得られるのも、また事実だった。

「文書庫を調べるわ」

すでに昨日、阿嬌の使いと言って庫内に入り、壺を仕込んである。

小間使いとしての仕事の合間しか使えないので、まとまった時間が取れるわけではない。本当はみんなが寝静まった夜に忍びこめれば楽なのだが、灯《あか》りが漏れては怪しまれるからだ。

たとえ心の奥でざわめく感情があっても、立ち止まっている暇などない。

「どこから調べればいいのかの？」

壺中仙の腕に抱かれたまま棚の並んだ文書庫に出ると、その棚のひとつひとつに、大量の書類や冊子が収められている。

それらを眺めながら、瑶伽は答えた。

「まずは帳簿を探すわ。どんなことでも、お金の流れをつかめばいろいろなことがわかるものだもの」

瑶伽自身、死ぬ前の数年間は忙しい父に代わって燿王府の帳簿の管理をしていたから、そのことをよく知っていた。

『六部のほうには、いつも以上の贈り物をしておきましょうか』

さきほどの柳貴妃の口ぶりからすると、日ごろから多くの官僚に賄賂を贈っているに違いない。ならば帳簿を調べれば、どの官僚とつながりがあるかもわかるはず。

「お父様の謀反をでっちあげたとしても、柳貴妃の一族だけですべてが行えるはずないもの。私を斬首するときだって、刑部が絡んでいたはずよ」

「しかし、こんなまどろっこしいことをせずとも、犯人があの女だとわかっておるのであれば、毒のひとつでも盛ってやればいいのではないか？」

「確証があるわけじゃないもの。それに、それじゃあ柳貴妃が死んだって、お父様は罪人のままじゃない。お父様の汚名が雪がれなければ、柳貴妃を殺すだけじゃ足りないわ」

「なるほどのう」

うなずく壺中仙から離れ、瑶伽はひとつひとつの文書を開いては閉じていく。

わかりやすいところに整理されてあった帳簿はすぐに見つかり、開いてここ数年の出納を洗っていく。

「とくにおかしいところはなさそうだけど……」

「──誰かいるのか？」

しかし会話の声が外に漏れていたらしい。扉に近づく宦官の気配に、瑶伽は帳簿をつかんで文書庫を出たのだった。

第三章　元婚約者につきまとわれる屍姫

「あんのバカ淵之……！」

思わず声に出してつぶやいてしまい、瑶伽ははっとしてあたりを見まわした。

運のいいことに、少し離れた椅子に座っていた柳貴妃たちは、瑶伽のひとり言に気づいていない。柳貴妃は届いた書簡に目を通していて、そんな主人に阿嬌は香り高い花茶を淹《い》れている。

瑶伽はほっと胸を撫でおろし、目の前の火鉢の炭をざくざくと掻《か》きまわした。あまりに淵之に腹が立ちすぎて、柳貴妃の前だということをすっかり忘れてしまっていた。

ここ蓮花宮では、洗衣局にいるときに比べて手荒れはましになったし、食事を抜かれることも減った。しかしささいな過失で命を取られる危険は、はるかに高くなったというのに。

（これもみんな、あのバカのせいよ。私を鴻天宮に無理やり連れていくなんて……！）

会いたくもないのに淵之に会ってしまうのは、洗衣局にいるときと違って瑶伽が、小間使いとして後宮内を出歩く機会が増えたからだ。

それだけでなく淵之も親王へ封じられ、自由に後宮に出入りできるようになったのもある。しかも今は鴻天宮の修繕のため、足しげく通ってきているようだ。

それはかまわないが、とにかく淵之は、瑶伽の姿を見るたびに声をかけてくる。そして無理やり鴻天宮まで拉致し、しつこく二胡を弾かせるのだ。

さらに理解できないのは、彼がその間中ずっと寝ていることだ。

（寝るぐらいなら、弾かせなきゃいいのに。いったいなんなのよ……！　だいたい、後宮で柳貴妃と皇后様が争っていることくらいわかってるでしょうに！　皇后様の養子のあんたと話しているのを見られただけで、私がまずい立場になることさえわからないわけ⁉）

本当に、腹立たしいことこのうえない。

それとも、たかが宮奴のひとりがどんな運命をたどっても、関係ないとでもいうつもりなのか。

「――図々しくなったこと」

聞こえてきた柳貴妃の声に、瑶伽はまた我に返った。

（駄目だわ、こんなんじゃ。せっかく蓮花宮へ入って、柳貴妃に近づくことができたのに）

火鉢から古い灰を掻き出す作業は、服が汚れるからと侍女たちが嫌がる仕事のひとつである。つまり下っ端小間使いにすぎない瑶伽が柳貴妃に近寄れる、数少ない機会なのだ。

瑶伽はちらりと柳貴妃を盗み見た。『図々しくなった』ともらした彼女は、あいかわらずふわふわとした笑みを浮かべている。

（誰からだろう……）

あいかわらず感情が読みにくい。そう思いながら柳貴妃の手にした書簡に目をやった瑶伽だったが、宛名として書かれた字が目に入ったとたん息を呑《の》んだ。

（あの字――私、知ってる？）

気のせいかもしれないと迷いながらも、瑶伽は手早く目の前の火鉢を掃除し、新しい炭をくべる。そして柳貴妃からもっとも近い火鉢へと移動した。

「どうかなさったのですか？」

「おまえも見る？　珂普山《かふざん》からよ」

お茶を差しだしながら訊ねた阿嬌に、柳貴妃は答えた。できるだけゆっくりとした動作で古い灰を集めていた瑶伽は、その言葉にまたどきりとする。

「まあ、また金額を吊《つ》りあげてきましたの？　本当にずいぶんと図々しくなったものですわね」

柳貴妃に手渡された書簡に視線を走らせ、阿嬌が目を丸くする。

「そうなのよ。そろそろ処分したほうがいいと思って手配しておいたのは、正解だったようね」

やわらかな口調とはうらはらの冷たい言葉に、瑶伽の心臓がどくどくと脈打った。

「なにやってるの？　終わったのならさっさと下がりなさい！」

思わず手を止めた瑶伽を見咎め、阿嬌が鋭い声を投げつける。瑶伽は慌てて灰をかき集めた器を持って部屋を出た。

「珂普山……」

廊下を歩きながら、瑶伽はその名前を口のなかで転がす。たしか、燿の領内にもそんな名の山があったはずだと。

「それにあの字、やっぱりどこかで見た気がするわ」

整ってはいるが、払い方に独特のくせがある——。

瑶伽は記憶を探るが、どこで目にしたのかはなかなか思い出せなかった。

「一瞬だったし、もう一度じっくり見られれば……」

そう口にしたときだった。

「なにを見るのじゃ、我の宝玉よ！」

「っ——」

突然響いた壺中仙の声に、瑶伽はびくりと飛びあがった。

「今出てもよいかの？　あたりに人はおらんのじゃろ？」

どこから聞こえるのかと思えば、懐に忍ばせた墨壺からだった。壺中仙はそこから身体は出さず、声だけ発しているようだ。

彼には、ほかに人がいるときは姿を現してはならないと強く言い聞かせている。そのため一応許可を取ろうとしたらしい。

「駄目よ。近くに人がいなくても、遠くから誰が見てるかわからないもの。この灰を片づけたらいつもの物置き部屋に行くから、もう少し待っててちょうだい」

「まどろっこしいのう」

「文句を言わないで。これでも洗衣局にいるときよりは、出してあげられる時間が増えたでしょう？」

「それは、そうじゃが……。そなた、さきほどからなにをそんなに気にしておるのじゃ？」

「柳貴妃の読んでいた書簡……あの字に見覚えがある気がしてならなくて――」

「ほう。それはつまり、書簡を書いたのが、そなたの知りあいかもしれぬということじゃな？」

「まだわからないけれど……。珂普山とも言っていたし、燿と関係ある書簡だってことは間違いない気がするの。だから柳貴妃がいないときを見計らって、もう一度あの書簡を見られないかしら」

「ふむ。あの部屋へ忍びこむということじゃな。お安いご用じゃ。我にとってはたやすいことじゃからの！」

そう請けあったのち、壺中仙は「むふふふ」と不気味な笑いを壺中から漏らした。

「わかっておるぞ、我の宝玉よ。偉大な力を持つ我に感謝したくてならないのであろう？　いや、よいのじゃ。我の宝玉のためなら、我はいくらでも――」

「あとそれから、裏帳簿も探すから、それも手伝ってちょうだいね」

おそらく壺のなかでふんぞり返っているだろう壺中仙にかまわず、瑶伽は続けた。

「あるはずよ。この間見つけた帳簿には書かれていないことが、そこには載っているはず」

褒めてもらえずに不満の声をもらしかけた壺中仙に、瑶伽は確信を持ってうなずいた。

「だって、あちこちに賄賂を贈っているはずなのに、それについてまったく記載がないんだもの。それに衣服とか宝飾品とか、あれだけ派手にしていて、支払っている金額が少なすぎるのもおかしいわ」

「そういったものは、皇帝から与えられているのではないか？」

「そうかもしれないけど……。でもそれにしても不自然よ。だからきっとあれは表向きのもので、本当の帳簿がどこかにあるに違いないわ」

それを見つけられれば、賄賂や献上品の記載から、息のかかっている官僚や、裏で関わっている事柄がわかるはず。そうなればそこから、柳貴妃が父王を陥れた証拠にたどりつけるかもしれない。

「いい？　だからまずは――」

瑶伽が壺中仙にそう続けたときだった。考え事に没頭していた瑶伽は、角の向こうにいる人の気配に気づくのが遅れた。

「っ――」

出会いがしらにぶつかりかけたときには、もう逃げられないところに彼はいた。

「あれ？　おまえひとりか？　誰かと話しているような気がしたんだが……」

淵之は、首をひねりながら瑶伽の周囲を見まわした。

「――私ひとりです」

そっけなく言って瑶伽は脇に寄り、道を譲る。はやく通りすぎろとばかりに。しかし彼女の願いとはうらはらに、淵之は立ち止まって話しかけてくる。

「それでおまえ、鴻天宮に来る気になったか？」

「――この前、そのお話は『あきらめる』っとおっしゃいませんでしたか？」

最初に鴻天宮に連れていかれるときに、淵之は言ったはずだ。『もう一度鴻天宮で弾くんだ。それであきらめてやる』と。

「そんなこと言ったか？」

しかし淵之はすっとぼけた。「ふざけるな」と言ってやりたかったが、宮奴である以上、皇族を怒鳴りつけるわけにもいかない。

「人手が必要なのでしたら、洗衣局に陳雪花《ちんせっか》という者がいるので、連れていってあげてください。昔、鴻天宮に仕えてたって、聞きましたよ」

陳雪花は、阿嬌の霞帔に刺繍したとき、瑶伽の仕事を代わってくれた宮奴のひとりだ。

宸妃の側近くで仕えていた者は、その後散り散りになっており、亡くなっている者も少なくないという。陳雪花は侍女でなく、それに仕える小間使いだったというから、淵之と面識があるかはわからないが。

「わかった。それはそれで声をかけておく」

うなずいた淵之に、ほっとした。しかし――。

「だけど、俺はおまえがいいんだ」

言いようもない不快感に、瑶伽は思わず眉をしかめてしまう。

「幼女趣味でもおありで？」

「あるわけないだろう！」

「――そうでしょうね」

思わずすがめた目でつぶやいてしまう。

そんな嗜好があれば、娼館には通ってないはずだと。

しかしわかっているからこそ、なおさら意味がわからない。

なぜこの瑜依にそこまで執着するのか。

「俺はおまえの二胡が聞きたいだけだ」

淵之の耳には瑶伽の無礼なつぶやきが届かなかったのか、彼はなおも言いつのる。

「二胡でしたら、楽師にお命じください。では失礼します」

「だから待てって」

耐えきれずに瑶伽は、立場などくそくらえとばかりに踵《きびす》を返した。しかしその腕を、淵之につかまれる。

（ああもう、しつこいんだから！）

あきらめない淵之に苛立ちがつのり、瑶伽はその腕を振り払おうとする。しかし子供の力だ。容易《たやす》く抑えこまれ、悔しさに思わず唇を噛む。

「その癖……」

その瞬間、淵之が驚いたように瑶伽を見つめた。

「え？」

「いや、なんでもない。……とにかく、俺はおまえの二胡が聞きたいだけなんだ」

かすかな動揺を見せながらも、淵之はますますしつこく食い下がってくる。

瑶伽はだんだん腹が立ってきた。

「なんでそんなに嫌がるんだ？　たかが二胡だろう」

「わかりませんか？　私は蓮花宮に仕える者なので、皇后様のご養子である殿下と接点を持てば、柳貴妃様にどのような疑いをかけられるかわかったものではないんです」

「そんな大袈裟《おおげさ》な。ちょっと楽器を弾くくらいで」

「だったら、刑をちらつかせて無理やり従わせたらどうですか？」

言うことを聞かせたいのならばそうしろと瑶伽は告げてやる。

淵之が、瑶伽のような身分の低い者に暴虐に振舞う男であれば、少しはこの胸もすくだろうと。

「そういうのは好きじゃない」

しかし淵之は、不快そうに眉をひそめる。

「宮中だとそれが普通だとしても、俺はそういうことはしたくない。俺は戦地で、身分や立場なんて意味のないものだと思い知らされたからな。誰であっても、死は等しく降りかかると」

「将と一兵卒では違うでしょう」

皇子である彼は、たとえ戦地に行っても丁重に兵に守られているはずだ。

「そうは言うが、将だから逃げられないこともある。ようは果たす役割が違うだけだと俺は思っている」

きっぱりと言いきった淵之の目は、瑶伽の知らない男のものだった。

「平民や奴隷出身の者たちに、何度も命を救われたよ。俺もまた、けっして奴らの命を粗末にはしない。互いに命を助けあって、それが重なった先に勝利があるんだ」

淵之が武人として戦場に赴くようになったのは、ここ数年のこと。瑶伽とはあまり話さなくなってからだ。

もしかしたら私は、淵之のことをまったく知らないのかもしれない――。

そう目を見開く瑶伽の前で、淵之は、苦笑して話しつづける。

「とくに俺の副将をしている奴なんて――稜裕っていうんだが、小賢《こざか》しいことかぎりがないぞ。あいつ、能力も才能もあるのに活かすところがなくて、そのせいで昔グレてたんだろうな。意気投合して、今はいろいろ助けてもらってる」

「稜裕……あの悪童《ワルガキ》――？」

瑶伽は聞き覚えのある名前を口のなかで転がした。

たしか淵之が街で知りあったという不良少年だ。京師の東部を縄張りに徒党を組んでいて、いつしか淵之がつきあうようになった――。

たしか淵之が娼館へ通うようになったのも、その男の影響だったはず。悪い遊びを覚える淵之に宸妃も気を揉んでいたはずだが、まだつるんでいたのか。

「あとは、瑶伽の影響かもな」

「……え？」

突然自分の名を口にされ、虚をつかれた瑶伽は淵之を見上げた。

「ああ、瑶伽っていうのは、俺の死んだ婚約者だ」

かすかに笑ったのが、どこか寂しげに見えたのは気のせいだろうか。

「……そうですか」

「少し気は強かったが、やさしいところがあって、街で掏摸《すり》をしていた子供を屋敷に連れて帰るような女だった」

淵之は、瑶伽が訊ねてもいないのに、勝手に「薛瑶伽」についてて語りだした。

「寒さに震えていたのを放っておけなかったんだろうな。それで食事を与えて、小間使いとして雇うことにしたんだ。仕事があれば、掏摸なんてする必要はないって」

(――だけどその子は、お父様謀反の報が入ったあと、真っ先に屋敷から消えたのよ)

べつに恩を着せようとしたわけではない。ただ洗衣局で目覚めてから、わかったことがある。所詮、拾われた彼女にとってあれば「お姫様の気まぐれ」でしかなかったに違いないと。

今瑶伽が、淵之に対して感じるのと同じもの――。絶対的に強い立場の者が持つその傲慢さに、あのころの瑶伽も気づいていなかったのだ。

瑶伽はたまたま身分の高い家に生まれただけで、他人を「助ける」などと、えらそうに語れる人間ではなかったというのに。

だから思わず口をついて出てしまった。

「偽善ですね」

「……なんだって？」

「そんなの、ただの偽善ですよ。自分の身を切るわけでもなく、安全な場所から動きもせずに他人を『助ける』だなんて、ただの自己満足です」

「おまえ……」

瑶伽の物言いに絶句した淵之が、にらみつけてくる。

「瑶伽を悪く言うな！」

本気で怒っているらしい淵之に、瑶伽は驚いた。

「すみません……」

宮奴としては謝るしかない。それでも納得はできない。

だったらなぜ——と。

(私の悪口を言われて怒るくらいなら、どうして返事を寄越さなかったのよ……!)

折りあうことのできない感情に、瑶伽はふたたび唇を噛むしかできなかったのだった。

*

「気が変わればいつでも声をかけろ」

少し気まずい雰囲気にはなったものの、結局鴻天宮に連れていかれた瑶伽は、夕暮れを前にようやく解放された。

いっそのこと嫌ってくれればいいのだが、そうはならなかったらしい。

「変わりませんよ」

蓮花宮から動くことはできないのだから。

「……おまえ、本当に歯に衣着《きぬ》せぬ奴だな。普通ここまで言われたら、少しはぐらつくもんじゃないのか?」

「残念ながら一寸もぐらつきません。お気に召しませんでしたら、放っておいてください」

「なんだか、瑶伽と話している気になってくる」

では、と踵を返しかけた瑶伽は足を止めた。

「はい？」

「そういう女だったんだ。なにを言っても、ぽんぽん言葉を返してくる」

「……そうですか」

なんと言っていいかわからず、瑶伽はそっけなくうなずいてその場を立ち去るしかできなかった。

蓮花宮へ向かう道を歩けば、なぜか自然と足が速くなった。

わけもなく、壺中仙を呼び出したくてならなかった。

(どこか人目のないところに。はやく――)

そう瑶伽が視線をさまよわせていたときだった。

「痛っ――」

突然後ろから腕をつかまれた。

「皇太子殿下――」

痛みに驚いて振り返り、瑶伽は息を呑んだ。淵之の異母兄が、ぎらぎらとした目で彼女を見下ろしていたからだ。

「おまえ、たしか阿嬌の小間使いだったな？　淵之の奴から寄越された間者だったのか⁉」

「……いいえ、違います」

どうやら淵之といるところを見られてしまったらしい。瑶伽は相手を刺激しないよう慎重に否定した。

「だったらなぜ鴻天宮から出てくるんだ！」

「それは……」

「来い！」

なんとか言いつくろおうとしたが、皇太子は聞く耳を持たずに瑶伽を引きずっていく。

そうして投げるようにして入れられたのは、蓮花宮の片隅にある宦官部屋にほど近い棟だった。近づかないようにと、阿嬌にきつく申しつけられていたところだ。

「母上も阿嬌も、おまえが子供だと思って油断したんだな。淵之の奴はおまえをここに送りこんで、なにを探っている？　奴になにを話したんだ？」

皇太子は瑶伽に顔を近づけ、すごんでくる。小さな子供の身体では、よけいに威圧されてしまう。

「私はなにも――」

言い終わる前に顔を殴られ、瑶伽は土間敷の床に倒れた。

瑜依としてよみがえって以降、暴力を振るわれたことは多かった。しかし洗衣局の女たちと違って若い男に殴られれば、その衝撃は比ではなかった。

とたんに頬がじんじんと熱を帯び、耳が聞こえなくなる。

「ふん。今は言いたくなくても、そのうち言いたくなるさ。この部屋にはなんでもそろっているかなら」

嗜虐的な表情を浮かべて皇太子が指し示したのは、杖打ちに使うこん棒だけではなかった。

人を縛りつけるための杭《くい》や鎖に、水責めのための甕《かめ》。木製の笞《むち》や竹を連ねた指詰めの器具に加えて、爪の間に刺す針など、後宮で昔から使われてきた拷問道具の数々がそこには整然と並んでいる。

（なんでこんなものを集めてるのよ……!?）

瑶伽の背中に冷たい汗が流れた。

もう少し慎重に振舞うべきだった。もともと皇太子は、荒い気性で暴力を受ける宮女が後を絶たないと聞いていたのに――。

「子供をいたぶるのは久しぶりだな。どうしてやろうか。爪を一枚一枚剝がしてやるか、それとも――」

つぶやきながら浮かべる実に楽しそうな笑みに、柳貴妃と同じ嗜虐性が見える。

（この……変態！）

壺中仙とは、また違う種類の変態だ。

逃げようとした腕をつかまれ柱に括《くく》りつけられながら、瑶伽は淵之を呪った。

（こうならないように、気をつけていたのに……！　これもみんな、淵之のせいよ！）

どのように答えても、皇太子は納得しないだろう。瑶伽が淵之の間者であると認めるまで、拷問されるだけだ。

終わることのない痛みを加えられる――。

それは、首を斬られたことがある瑶伽であっても恐ろしさを感じずにはいられなかった。

「助けを呼んでも無駄だぞ？　まずは軽いものから試してやる」

助けは、呼べないこともない。

笏を手に笑う皇太子に、瑶伽は懐に入れてある墨壺に意識を向けた。

(どうしよう。壺中仙の力を使えば逃げられる。だけどここで彼を呼び出したら、もう蓮花宮にはいられなくなる……)

せっかく柳貴妃の側近くに上がったのに、化け物として宮殿を追われれば証拠を探せなくなるだろう。

(でも迷っている時間はないわ。もし殴られているうちに墨壺が割れてしまったら、逃げることさえできなくなる……！)

「正直に言え！」

威嚇のために振るわれた笏が、わずかに手首にあたる。

瑶伽はその鋭い痛みに息を呑んだ。

(お父様――！)

それでも、壺中仙の名は呼べなかった。

ぜったいに復讐すると誓ったのだから。

(淵之のバカ、淵之のバカ、淵之のバカ――！)

元凶となった淵之を、まるで呪文のように心のなかで罵る。そうして与えられる苦痛を覚悟して、ぐっと歯を食いしばったときだった。

「火事だ！」

「なんだと⁉」

突然響いた声に、皇太子が振りあげた手を止めた。

「どこが火事だ？」

皇太子は慌ててあたりを見まわし、扉に駆け寄った。

（たしかに、ちょっときな臭い……？）

「誰か説明しろ！　どこが燃えている——」

うっすらと目を開くと、皇太子が開けた扉から煙がもうもうと入りこんできた。

隣の部屋で藁《わら》が燃えていることに瑶伽が気づくと同時に、皇太子の身体がぐらりと傾《かし》いだ。

「え——？」

「大丈夫か？」

気がつくと皇太子は倒れていて、その身体をまたぐようにして淵之が拷問部屋に入ってきていた。布で顔の下半分を覆い隠しているが、瑶伽が見間違えるはずもない。

「――なにやって……るんですか⁉」

「なにやってもなにも、こいつに連れていかれるところが見えたから、助けに来てやったんじゃないか」

「だからって、皇太子を殴るなんて――」

今の瑶伽はただの宮奴だ。しかも最下層の。その瑶伽を淵之が助けにくるなんて、誰が想像しただろう。

「一応顔は隠してるぞ」

「バレないはずないでしょう！」

「一瞬だからわかんないだろ」

柱に括りつけられている瑶伽をほどきながら、淵之があっけらかんと言う。

瑶伽はあきれた。なんて楽天的なのかと。

こういうところは本当に昔から変わらない。

「それより――」

瑶伽がなにも答えられないでいると、淵之はいったん言葉を切り、声に怒りをにじませた。

「だから鴻天宮に来るように言ったんだよ。この狂犬のところにいたら、命がいくつあっても足りないぞ!」

「あなたには関係ないでしょう」

兄を狂犬呼ばわりした淵之を、瑶伽は一蹴する。そもそも淵之が不用意に瑶伽につきまとわなければ、このような目にあわなかったはずだと。

「関係ないわけないだろ!　おまえがいなくなったら、誰が二胡を弾いて俺を眠らせてくれるんだ?」

「はあ?」

心配するのはそこなのか。

淵之の自分勝手な物言いに、瑶伽は目を瞬《しばた》かせた。まさか本当に、二胡のためだけに危険を冒して宮奴を助けに来たのだろうか。

「私の知ったことじゃありませんよ!　楽師でもなんでも呼べばいいじゃないですか!」

「おまえの音じゃないと駄目なんだよ!」

いいかげん苛立って声を荒らげると、逆に淵之に怒鳴り返された。

「あの日から、ずっと眠れなかったんだ。なにをしても……」

あまりの理不尽さに唖然する瑶伽の前で、彼は急に声を落とした。

「あの日って……」

「瑶伽が死んだと聞かされた日からだ」

「……っ」

「だけど、おまえの二胡を聴いているときだけは、眠れるんだ。本当に駄目なんだ。おまえの音じゃないと……」

　弱りきった声に瑶伽はどうしていいかわからなくなった。

　しかし次第に、腹の底からじわじわと怒りが込みあげてくる。

（今さらなんなの？　私たちを見捨てたくせに、なんでそんな顔をするのよ！）

「罪悪感ですか？」

　言い争っている場合じゃないのに、瑶伽は感情を抑えることができなかった。

「……なんだって？」

「婚約者を見捨てたことに対する罪悪感からですか？」

「違う！　俺は見捨てたわけでは——」

　反論しかけた淵之は、しかし急に消沈してうなだれる。

「いや、そうだな。瑶伽にとっては、そうなのかもな」

　本当になんなのだろう。

淵之の自嘲するような顔に瑶伽はますますわからなくなる。

そのときだった。

「あ――」

淵之の肩越しに、皇太子が頭を振りながら起きあがるのが見えた。淵之に気づいて斬りかかってくる。

危ない！

そう思ったときには、反射的に叫んでいた。

「淵児《えんじ》……!!」

「え――？」

瑶伽の声より一瞬はやく向かってくる刃に気づいた淵之は、すれすれでそれを避けながら目を見開いた。

しかし切っ先がわずかに掠《かす》ったのか、顔を覆っていた布がはずれてしまう。

「おまえ……なんでここに……？」

あらわになった異母弟の顔に、皇太子が怯《ひる》む。

わずかなその隙を見逃さず、淵之はふたたび異母兄を殴り飛ばした。皇太子は二尺以上後ろの壁に激突し、今度こそ完全に意識を失ったようだった。

「大丈夫⁉」

振り返った淵之の頬には、わずかに血がにじんでいた。駆け寄ると、その肩を淵之がつかんでくる。

思いかけず強い力に、瑶伽は小さな悲鳴を上げた。

「痛っ――」

「瑶伽、なのか？」

問われて、瑶伽は呆然と淵之を見上げた。

「あ――」

「俺を『淵児』と呼ぶのは、母上と瑶伽だけ。おまえ――」

「違う！」

身分もなにも忘れて、瑶伽は淵之の手を振り払った。

声を張りあげなければ、突如覆いかぶさってくる得体の知れない恐怖に呑まれてしまいそうだった。

「待て――」

引きとめる声にかまわず瑶伽は駆けだした。

皇太子に連れてこられた道をたどり、煉瓦《れんが》造りの建物から飛び出す。

「壺中仙——」

そして角を曲がったところで呼びだした彼の胸に、瑶伽は逃げこんだのだった。

第四章　姫が屍になったときの記憶

淵児——。

幼いころ、たしかに淵之はそう呼ばれていた。

しかし今は、彼をそう呼ぶ者はいない。彼をそう呼んだのは、十四歳のときに死んだ母と、そして瑶伽だけだからだ。

瑶伽は二歳下の淵之を子供扱いして、よくそう呼んでいた。

「瑶伽、なのか?」

そんなはずはないのに、思わず訊いてしまう。

彼女は死んだのだ。

頭ではわかっている。

だがあの二胡の音も——。

淵之は少女から視線をそらすことができなかった。彼女の一挙手一投足を見逃さんとじっと見つめる。

淵之とて本気で瑶伽だと思ったわけではない。そんなことありえないからだ。目の前にいるのは、まったく別人で、しかも子供なのだから。

だけど——。

駆けていくその背を追いかけずにはいられない。

いつもこうして逃げられる。

(今日はぜったいに逃がさない——!)

角を曲がったところで、その袖をつかんだ。そのときだった。

淵之の視界がぐにゃりと歪んだのだった。

＊

眩暈《めまい》の収まった瑶伽が目を開けると、多くの人が行き交う大路に立っていた。

両側には、大きな酒楼や高級宿など、三階建ての建物が楼閣のようにそびえて並んでいる。その軒下には旗や提灯《ちょうちん》が風にたなびき、扉や窓が色絹で飾りたてられたその様は、瑞華帝国の都——湧京にも劣らぬ賑《にぎ》わいだ。

ただ違うのは、道には大量の土埃が舞いあがり、真っ直ぐに伸びた道のはるか向こうに、巨大な砂の山が見えることだ。

現実では見たことはないけれど、あれは〝砂漠〟――と言うらしい。

ここは、そう。壺のなかにある壺中仙の世界だ。

いつもは通りぬけるだけのここに、彼が引き入れてくれたのだ。

「あぶないところだったわ。ありがとう、壺中仙」

淵之から逃れることができ、瑶伽はほっと胸を撫でおろした。このなかに入ってしまえば、淵之も追ってくることはできないはず。

「お安いご用じゃ、愛しき我の宝玉よ」

得意げに笑む壺中仙から視線をそらし、瑶伽は不思議な世界を見まわした。

いつものことだが、たくさんの人がいるのに、瑶伽たちが突然出てきても誰も驚いていない。ふたりのことなど、視界にさえ入っていないのだ。

きっとここは、壺中仙がつくったまやかしの都市なのだろう。目に映るすべては、人も建物もみな幻覚のようなもの。

「急だったからの。どこに出るか決めておらなんだし、とりあえず壺中へ入ったのじゃが、よかったかの？」

瑶伽はかまわないとうなずいた。

「それにしても、淵之のことは困ったわね。ちょっとやそっとじゃ、あきらめそうにないし。それほどなにかに執着する気質でもないはずなのに」

瑶伽がそう、ため息をこぼしたときだった。

「――俺の話か？」

背後で聞こえた低い声に、瑶伽はぎょっとして振り返った。

「ああ、そなた！　なぜここにおるのじゃ⁉　我はそなたのことなど招いておらぬぞ！」

「淵之……」

壺中仙が騒ぐなか、瑶伽は呆然とその名を呼んだ。

そこできょろきょろとしながら立っていたのは、まやかしの人々とは違う。正真正銘、瑶伽の元婚約者だったからだ。

「俺も招かれた覚えとやらはないからな。また逃げられたらたまらないと思って、目の前の袖をつかんだだけだ。それで気がついたらここにいた」

何度も同じ手をくらってなるか。そう口にする淵之に、瑶伽はどう答えていいかわからない。

たしかに少し、袖を引っ張られる感触があったかもしれない。だけどまさか、ついて来てしまうなんて――。

「っ――」

興味深げにあたりを見まわしていた淵之の目が、瑶伽に向けられる。びくりと肩を震わせ、瑶伽は動けなくなった。

なにか話さなければ――。

そう思うのに、喉が貼りついたように声が出なかった。

「痛っ――」

しかし気がつくと、淵之に強く手首をつかまれていた。

「瑶伽、だな？」

それはもう、問いでさえなかった。

今度こそ逃がさないとばかりに握りこんでくる指に、淵之の強い意思を感じる。

――もう、駄目だ。

観念するしかないと、瑶伽はあの日と同じような青空を仰いでつぶやいた。

「――そうよ」

＊

『執行しろ――』

刑場に引き立てられた瑶伽は、呆然とその言葉を耳にしていた。

どうして連絡がないんだろう。

そんなことばかり考えていたからだ。駅逓を使えば半月で着くと聞いていたはずなのに、と。

（まさか、駅逓を止められた？　いいえ、そんなはずはない。だって謀反の報が正式に届く前に間に合ったもの。あとから追いかけても、普通の早馬では追いつけないはず）

たとえ戦地で混乱しているとしても、二月以上経っているのに返信がないはずがない。

促されるまま歩いた先には、片手でちょうどつかめる程度の細長い丸太の台があった。

瑶伽も以前、少しだけ見たことがある。刑吏が罪人をそこにうつ伏せにさせ、丸太の先から出た首を落とすのだ。

目の前に見えるものが現実のものとも思えず、すべてが夢のなかのようにふわふわとしている。

だけど——。

集まった見物人たちに視線を向けようとしたとき、彼らの前に置かれたものに気づいて、瑶伽は頬を叩かれたように正気に戻った。

そこにあるのがなにか、わかってしまったからだ。

人の首だ。

物言わぬそれには蝿《はえ》がたかり、すでに蛆《うじ》さえ湧いていた。ざんばらに乱れた髪に、目玉がひとつ——眼窩《がんか》から飛び出してぶら下がっている。

『お父様……?』

駆け寄ろうとしたが、両脇を刑吏につかまれ動くことができない。

『お父様!!』

しかし呼びかけに応じる声があるはずもない。

『燿王は、護送中に逃亡を図って殺されたのさ』

『大恩ある皇帝陛下に謀反を企てたりするからだ』

刑吏たちの言葉に、瑶伽は首を振った。

『違う。お父様はそんなこと……』

父はいつだって皇帝に誠意を尽くしていた。

祖国を明け渡したときも、都で囚《とら》われの身になったあとも――。

なのに謀反を起したと決めつけられた。

国を捧げ、民を守ってきた父の心は踏みにじられたのだ。

父だけではない。

正式な罪人として天牢《てんろう》に移される前、瑶伽は軟禁されている屋敷から多くの人に助けを求めた。

父の謀反など、なにかの間違いであると。

そして皇帝の誤解を解くよう、手を貸してほしいと。

しかし心を許していたはずの友人たちは、誰も返事をくれなかった。

信頼していた家臣たちも、屋敷の家財を手に、ひとり、またひとりと瑶伽の前から消えていった。

なかには、自分が疑われないよう、兵にあることないこと吹きこむ者までいたらしい。

誰ひとり、瑶伽を助けてくれる者はいなかったのだ。

誰も――。

淵之も――。

『心配しなくても、おまえもすぐに後を追うことになる』

無情な声とともに、瑶伽は丸太に押さえつけられた。

視線だけで見上げた先で、白刃が抜かれた。刀身が陽光を弾《はじ》き、瑶伽の目を容赦なく射った。

首を斬られるのだ。

なにもしていないのに。

逃げることもできず。

こんなに簡単に――。

『許さない……！　私たちをこんな目に遭わせた奴らを、私はぜったいに許さないんだから!!』

『き、斬れ――』

首を叩かれたように感じた次の瞬間、瑶伽の視界がぐらりと反転した。

首が落とされたのだ。

そう思う間もなく、気づいたときには雲ひとつない晴れ渡った空を見つめていた。

まぶしい――。

そう目蓋を閉ざそうとした直後、瑶伽の意識は一気に闇に沈んだのだった。

「――ということなのよ」

父である燿王が領地で謀反を起したと聞いてからのことを、瑶伽はかいつまんでであるが説明した。

「……さっぱりわかんねーよ」

「な、に、が、わからないのよ⁉」

しかし眉をひそめたままぼそりとつぶやいた淵之に、瑶伽はこれ以上なく苛立った。

「突然屋敷に、役人――京兆尹《けいちょういん》の者が乗りこんできたって言ったでしょ⁉　それで、領地に戻っていたお父様が謀反を起したって捕らえられたの！　最初は軟禁されるだけだったんだけど、半月後には天牢に入れられて、それから二月もしないうちに午門外で首を斬られたの‼」

瑶伽と知られた以上、もう敬語で話す必要もなかった。

「それはさっき聞いた。で、目が覚めたら後宮の洗衣局で、その瑜依っていう子供のなかにいたって言うんだろう？」

「じゃあ、なにがわからないのよ⁉」

そもそも瑶伽が話している間中、淵之はずっと舌打ちしたり、ため息をついたりしていたのだ。

（話せって言うから話したのに、なんでこんなに態度が悪いのよ！）

そのうえ「さっぱりわからない」とは、どういう了見なのだ。

瑶伽にとって、処刑されたときのことは口にするどころか、本当はかけらも思い出したくない記憶だというのに。

（昔から、本当に私にだけは態度が悪いんだから！　そんなに私のことが嫌いなわけ⁉）

いつも淵之は、こうして瑶伽に悪態をついてくる。

昔から内弁慶な淵之がこんな振舞いを見せるのは、きまって瑶伽の前でだけ。ほかの――とりわけ父皇帝や兄弟たちの前だと、猫をかぶったように大人しいくせに。

「だいたい、いいかげんに手を放してくれない？」

瑶伽かと問われたときから、ずっと淵之に手首をつかまれたままなのだ。さすがに痛くてならなかった。

瑶伽だと、認めれば解放してくれるかと思っていた。しかしうなずいたあとも、淵之は深く息を吐いて座りこむだけで、いっこうに握りこんだ手を放さない。それどころかもう一方の手で自分の顔を覆い、沈黙しつづけている。

そしてようやく口を開いたと思ったら「説明しろ」との一点張りである。だから経緯を話したというのに、まだ彼は瑶伽を離してくれない。

「首を斬られたのに冥土に行かずにすんだのは、壺中仙の力のせいよ」

やっとわずかに緩んだ手から、瑶伽は自分の腕をとり戻した。見れば手首には、彼の指の跡がしっかりと残っている。

「壺中仙だって？」

「我じゃ！」

淵之の視線を受けて、それまで瑶伽の傍らで大人しく話を聞いていた壺中仙が、えへんと胸を張った。

「そういえば、さっきからいるこいつは何者なんだ？　それにここはどこだ？　俺たちは蓮花宮にいたはずなのに」

「ここは我の壺中にある世界じゃ」

周囲を見まわしながら不思議そうに訊ねた淵之に、壺中仙が誇らしげに答えた。

「壺中の世界だって？」

「そうじゃ。我は壺中仙じゃからの」

「壺中仙……」

淵之は、その呼称を口中でころがすようにつぶやいた。

「我は美しい魂を集めるのが好きでのう。この類いまれなる輝きを玉にして、我の手中に収めたいと欲したのよ。絶望に染まった彼《か》の魂は、目がくらむほど美しかったからのう」

「玉？」

「見たいか？　仕方がないのう。ならば見せてやろうかの」

怪訝な表情を浮かべる淵之に、壺中仙はうれしそうに懐に手をやる。そして色とりどりに輝く玉を取りだして淵之に見せた。

「見るがよい。このぬらぬらとした光沢を。これは三百年前の燕陽《えんよう》国の皇帝のものじゃ。もともとこやつは、恋仲であった女子《おなご》を皇帝であった兄に奪われてのう。その女子を取り戻すために兄を殺して皇位に就いたはいいが、結局はその女子を信じきれずに殺してもうたのじゃ。そして、癒すことのできぬ渇望のまま、ほかの女たちも殺していきおった愚かな魂よ」

いったい壺中仙は何年生きているのだろう。

歴史書に出てくる皇帝の名前に、瑶伽は二十代半ばにしか見えない彼の横顔を見つめた。

「こちらもよいであろう？　これは百五十年前に娼館で死んだ女のものじゃ。科挙を受けに都に行った夫が帰らぬで、追いかけたところ男は都ですでに所帯を持っていてのう。路銀も尽きて遊女に身を落とした女は、そこで梅毒を得てしもうたのじゃ。男を恨みぬいた女は、最後に一度と男を口車に乗せ、関係を結んでなあ。娼館の籠の鳥となりながら、奪った女ともども男を破滅させた執念はあっぱれであったわ」

壺中仙は、魂の玉をひとつひとつ誇らしげに見せていく。

「どうじゃ？　どれも見事な輝きであろう？」

「なんだ、このゲテモノ好きは？」

壺中仙の悪趣味に、さすがの淵之も引いている様子だ。

「気にしないで、こういう人なの」

「気にするなって……こいつ、悪食にもほどがあるぞ？」

淵之の言うとおりである。しかしそんな壺中仙に望まれているからには、瑶伽の魂もよほどキワモノなのだろう。

「でもこの変態のおかげで、私の魂は冥土に送られずに、この世に留まれたってわけなの」

「そうじゃ。あのときも我はとびきり美しい玉を作ろうとしてなあ。刑場で我の宝玉の首が胴から離れる瞬間を、わくわくしながら待ちわびておったのじゃ。じゃがどうしたことか、失敗してしもうてのう。引き寄せた魂は我の手からこぼれ、近くにあったこの屍のなかに入ってしもうたというわけじゃ」

「……それが、その子供の身体だったってことか？」

「そうよ。この身体の本来の持ち主――范瑜依は、私とほぼ同時期に死んだみたい。ほかの宮奴にやつあたりされて殴り殺された可哀そうな子――」

「瑶伽――」

「言っておくけど、同情はやめてちょうだい」

立ち上がった淵之を制して、瑶伽はぴしゃりと言った。

「同情だって？」

思いがけないことを言われたように、淵之は伸ばしかけていた手を引っこめる。

「そうでしょう？　これでも私は、壺中仙に感謝しているの。こうして私に、復讐の機会を与えてくれたんだもの」

「感謝だって？　こいつは、おまえを玉にしようとしたんだろ？　今だって、いつおまえに襲いかかってくるかわからないじゃないか！」

一度失敗してあきらめたなら、こうして瑶伽に付きまとっていないはず。そう告げる淵之に、壺中仙は「失礼なことを言うでない」と唇を尖《とが》らせた。

「我は殺生は好まぬ。宝玉を蒐集し、愛でるのを好むだけじゃ」

「へえ？　そうなのかよ」

淵之はそう言うと、壺中仙の手にある薄紫色の玉を取りあげる。そして力任せに地面に叩きつけようとした。

「ぎゃあ！　よせ！　それは五百年前母后によって幽閉された魯《ろ》王の魂じゃぞ！この世に漁色家《ぎょしょくか》はあまたあれど、淫蕩《いんとう》でそこまで堕落した魂はなかなか手に入らぬのに！」

「……壺中仙が私を殺すことはないわ。約束したから。死んだら魂をあげる代わりに、私の復讐の手助けをするって」

「はあ⁉」

玉をとり戻さんと手を伸ばす壺中仙をいなしたところで、淵之が聞き捨てならないとばかりに振り返った。

「おまえそれでいいのかよ？　それって、死んでも輪廻《りんね》の輪に入れずに、ここでいつに囲われるってことじゃねーのか⁉」

「それがどうしたの？　いつか私も、その玉たちのなかのひとつになるってだけじゃない。べつにそれでもかまわない。お父様と私を死に追いやった奴に復讐できるなら……！」

「おまえ……」

淡々と答える瑶伽に、淵之は絶句した。

「だってそうでしょう？　どうせ私には、もうなにも残っていないもの。お父様も、自分の身体も……。残ったのは、范瑜依という子供の身体に入ったこの魂だけ。だったら壺中仙にあげるわよ。この魂くらい――」

そして瑶伽はきっ、と淵之をにらみつけた。

「――だけど、私はお父様の仇がとりたい。だから約束したの。それまで待ってくれたら、あなたの好きにしていいって」

決意をにじませた瑶伽の眼差しに、淵之はふたたびその場にしゃがみこんでしまう。

「……そんなの、許せるわけないじゃないか」

「許すもなにも、あんたには関係ないことよ」

そう言うと、淵之は痛みをこらえるような顔で瑶伽を見返した。

瑶伽には子供の身長しかないため、そうされると座りこんだ淵之とちょうど視線が重なった。

「関係ない？　婚約までしてたのに？　生き返っても連絡ひとつ寄越さないで？　おまえが死んだと思いつづけた俺の気持ちなんて、どうでもよかったってことか？　おまえ、どこまで薄情なんだよ」

「私が薄情ですって？」

淵之のその言葉は、瑶伽が無理やり心の奥に押し隠している傷を、思いきり引っ搔《か》いた。

「薄情はどっちよ!?　私を無視したのはあんたじゃない！」

「……俺？」

「お父様の謀反の報が入ってすぐ、私は駅逓を飛ばしてもらったわよ。だけどあんたは、なんの返事も寄越さなかったじゃない！　なのに今さらなんなの？」

「俺は……」

突然瑶伽が見せた激情に、淵之は絶句した。

「助けてくれなかったくせに！　私がなにをしようと、あんたに口を出す資格なんてない！　二度と私に関わらないで！」

瑶伽がそう叫んだとたん、淵之の姿はその場からぱっと消え失《う》せた。


「壺中仙!?」

突然目の前からいなくなった淵之に、瑶伽は驚いて壺中仙を振り返った。

「面倒になってきたで、追い出してやったわ」

壺中仙がふんと鼻を鳴らした。

「心配するでない。奴にとって馴染《なじ》みの場所に出してやったからの。少し時間はかかろうが、自力で皇宮に戻るであろうよ」

「そう……」

壺中仙がそう言うのなら、大丈夫のはず。そう思いながら瑶伽の胸に、今になって後悔が押し寄せてくる。

『助けてくれなかったくせに！』

なぜあんなことを口走ってしまったのか。あれではまるで、淵之に助けてほしかったようではないかと。

「……馬鹿みたい」

ぽつりとつぶやく。

あれほど彼は、瑶伽のことを嫌っているのに。かつての自分は、彼になにを期待していたというのだろう。

「さて、愛しき我の宝玉よ。これからどうするのじゃ？」

「皇太子に目をつけられちゃったから、このまま蓮花宮にいつづけるのは難しいかもしれないわね。でも、せめてあの書簡だけは見られないかしら」

柳貴妃が口にした珂普山の名といい、あの書簡は柳貴妃と燿をつなぐ手がかりになるかもしれない。そう思えば、簡単にあきらめるわけにはいかなかった。

「では一度戻るとしようかの」

壺中仙にうなずき、瑶伽はため息をついた。

「もう。せっかく蓮花宮に入りこんだのに、淵之のせいで台無しよ」

蓮花宮にいられなくなれば、洗衣局にいたときに逆戻りだ。効率的に証拠を集めるのは難しくなるだろう。

「小間使いであるうちに、あちこち壺を仕込んでおけたから、それだけはよかったけど……」

瑶伽は、そうぼやきながら壺中仙の袖に包まれたのだった。

第五章　屍姫、手がかりをつかむ

「あれ、淵之？　今日はこっちに来る予定だったたっけ？」

稜裕に声をかけられ、淵之ははっと我に返った。気がつけば、彼は板張りの床に膝をついていた。正面には剣や刀だけでなく、矛《ほこ》や戟《げき》、偃月刀《えんげつとう》など、さまざまな武器が掛けられた壁があった。

「ここは……練兵場か？」

わずかな眩暈はすぐに収まり、淵之は自分が見慣れた部屋にいることに呆然とした。

そこが都の西郊にある禁軍のための練兵場——そのなかにかまえている彼の執務室だったからだ。振り返ると、開け放たれたままの扉の向こうに稜裕がいる。どうやら偶然通りかかったらしい。

（俺は、あの変な世界から追い出されたのか？　俺だけ？）

状況を考えると淵之は、室内に置かれた真鍮《しんちゅう》の壺型の矢入れから、ぺっ、と吐きだされたようだった。

（ということは、瑶伽はまだ、あそこであいつといるのか……！）

そう思った瞬間、腹の内からカッと怒りが込みあげた。

「くそっ！」

力任せに床を殴ると、叩きつけた拳がじんじんと痛んだ。その痛みのおかげで、少しだけ冷静さが戻ってくる。

瑶伽が生きていた。

生きていたのだ――。

「いや、生きていたとは違うのか？　完全に死んでないだけで――」

よろこんでいいのか、それとも悲しんだほうがいいのか、混乱していてそれさえもわからない。

淵之にわかるのは、今このときも猛烈な怒りが身の内に渦巻いているということだけだ。少しでも気をぬけば、それが腹を食い破って飛びだしてきそうなほど――。

「瑶伽……」

うめくように彼女の名を呼び、さきほどまで彼女をつかんでいた手のひらに視線をやる。

細い、細い子供の腕だった――。つかんだ指が容易《たやす》く余るほどに。あのまま力を入れていたら、きっと折れてしまったに違いない。

さきほどは、そんなことを考える余裕もなかった。

ただただ、彼女が目の前にいるという事実に震えた。抱きしめることもできず、逃げられないよう腕をつかむのが精いっぱいで。

『薄情はどっちよ!?　私を無視したのはあんたじゃない！』

しかし瑶伽の声が耳によみがえれば、それまでの激情は、冷水をかけられたかのように消沈する。

「……違う。俺はなにも知らなかったんだ」

あのとき、瑶伽が戦地まで連絡を寄越そうとしていたなんて。

やりきれない思いが、淵之の胸に広がる。

助けを求めたのに叶えられなかったとき、瑶伽の絶望はいかほどだっただろう。

(だから瑶伽は、瑜依として目覚めたあとも俺の前に姿を現さなかったんだ。ましてや助けを求める気なんて――)

今の瑶伽にとって、淵之はものの数にも入っていない。

彼女は、父親の冤罪《えんざい》によって無惨に処刑されただけではない。死んでからの二年間も、宮奴としてずっと困難のなかに身を置き、苦汁《くじゅう》をなめつづけていたのだ。

『べつにそれでもかまわない。お父様と私を死に追いやった奴に復讐できるなら……！』

（あれは瑶伽の本心だ。復讐のためなら、どんな犠牲をともなっても惜しくないと思ってる。あんな男に頼ることさえ……！）

なぜなら今の彼女には、それ以外に生きる意味がないからだ。そうでなければ誇り高かった瑶伽が、宮奴になってまで命をつないでいるはずがない。

いったいどれだけ辛い思いをしてきたのか。それを思うと、淵之は自分を殴り殺したくなった。

「淵之？　気分でも悪いのかい？」

「皇宮に戻る――」

いつまでも座りこんでいる淵之に、様子がおかしいと思ったのだろう。稜裕が怪訝な表情を浮かべて執務室に入ってくる。淵之は、適当にごまかして立ち上がった。

こうしている間にも、瑶伽になにかあったら――。

そう思うと、淵之は気が気ではない。少し離れているだけで不安がつのった。なにしろ瑶伽は、彼が遠征に出ている最中に処刑されてしまったのだから。

（同情？　そんな生やさしい感情なんて持ちあわせてねーよ）

淵之のなかにあるのは、ただ自分への怒りだ。彼女を守れなかった自分への。

「今度こそ、ぜったいに奪われてなるものか」

叫びだしたくなるほどの情動をかろうじて抑え、淵之はそうつぶやいたのだった。

＊

瑶伽が夕暮れに染まる蓮花宮に戻ると、そこは蜂の巣をつついたような騒ぎになっていた。

「瑜依⁉　あんた、どこに行ってたの⁉　火事！　火事なのよ！　さっさと宝物を運びだすのを手伝いなさい！」

瑶伽に気づいた侍女のひとりが、怒鳴りつけてくる。

今日は風があるからか、淵之のつけた火が予想以上に大きくなっていたらしい。とはいえ燃えたのは宦官たちの居住区で、貴妃が暮らすこの殿宇はまったく無傷のようだ。それでも延焼すれば大事になるからだろう。その騒ぎのおかげで、瑶伽が皇太子に間者と疑われたことは、まだみなに伝わっていないようである。

「貴妃様はどうなさったのですか？」

「すでに避難されたわ！　さあはやく！」

「わかりました！　私が残りの宝物を持っていくので、貴妃様についてらしてください！」

（なんて幸運なの！　柳貴妃が殿内にいないなら好都合よ！）

そう思った瑶伽は、ほかの侍女たちとすれ違うようにして、ひとり柳貴妃の私室へと走った。

よほど慌てて逃げたのだろう。

室内に入ると、筆や蠟燭《ろうそく》、霞帔などが、足の踏み場もないほど散乱していた。そのうえ倒れた火鉢からは炭がこぼれ、毛氈《もうせん》の一部は焦げてさえいる。

「まるで盗賊が押し入ったかのような惨状ね」

苦笑しながら奥へ進むと、宝飾品や工芸品など、貴重なものはすでにあらかた運び出されているようだ。しかし書簡には価値がないからか、束となって、いつも保管してある抽斗《ひきだし》に残っていた。

しかしそのなかをいくら探しても、目的のものは見つからない。

「もう処分されてしまったってこと？　やっぱり貴妃にとってなにか不都合なことでも書かれて――」

瑶伽がそう口にしかけたときだった。

「あ、瑜依がいました！」

突然部屋の扉が開き、瑶伽はびくりとする。

とっさに抽斗を閉めて振り返ると、さきほどの侍女にともなわれて部屋に飛びこんできたのは阿嬌だった。

「おまえ、いったいなにをしたの⁉」

阿嬌は瑶伽の顔を見るなりそう怒鳴りつけてきた。

「なにって……」

その剣幕に驚いて言いよどむと、阿嬌は瑶伽の襟元を締めあげさらに金切り声を上げる。

「おまえがなにか仕出かせば、あたしに迷惑がかかるってこと、わかってるんだろうね⁉」

「……皇太子殿下がお呼びなのですか？」

「皇太子殿下だって？　おまえ殿下となにかあったっていうの？　いったいどういう……」

どうやら皇太子になにか言われてきたわけではないらしい。

阿嬌がひどく慌てている理由がわからずに戸惑っていると、彼女の背後の扉から壮年の宦官がひとり部屋へ入ってきた。

「おまえが范瑜依だな?」

「杜《と》総監……、その……」

ようやく瑶伽は阿嬌の慌てぶりに得心がいった。やって来たのが、皇帝直属の総監宦官――つまり後宮の女たちが、もっとも恐れる人物だったからだ。

「はい。私がそうです」

瑶伽はうなずいた。杜総監は目を細めてじっと彼女を見つめると、甲高い独特の口調で言った。

「物怖《ものお》じしない娘であるな。皇上がお呼びだ。ついて参れ」

(皇上がお呼びって、どういうこと? 今の私は、ただの宮奴にすぎないのに……)

連れてこられたのは、朝堂にあたる武洪殿だった。

燿の王女であったときも、政の場であるここに入ったことはない。そのため緊張しながら瑶伽は、杜総監について主殿に続く白亜の階を上がった。

「よいか？　何事も偽りを口にせぬように」

杜総監には燿の王女であるときに、幾度となく会ったことがある。阿嬌は彼をひどく恐れているようだが、厳しいところがあっても、それなりに公正な人物だというのが瑶伽の印象だった。

そのためとくに身構えることなく、忠告してくれる杜総監に礼を言って、瑶伽は殿内に入った。

「この者がおまえの言っていた宮女か？」

深みのある声にはっとして視線を上げると、奥の玉座に皇帝陛下が座っていた。

慌てて膝をついて礼を取る。すると玉座の傍らに立っていたらしい皇太子が、得意げにうなずいた。

「そのとおりです、父皇。兄のもとへ間者を遣わすだけでも不届きだというのに、淵之ときたら、この私を殺そうとしたのです！」

興奮ぎみに話す皇太子——宣之に、瑶伽はなんとなく事情を理解した。

直情型の皇太子のこと。意識を取り戻してすぐ、淵之を糾弾しようと父皇のもとへ駆けこんだのだと。

（そのおかげで、蓮花宮のみんなに私のことを話す時間がなかったってわけね）

「皇太子は、そなたが第六皇子から遣わされた間者だと言っておる。どうなのだ、娘よ。直答を許す」

これほど近くで皇帝に拝するのは、当然ながら瑜依として蘇ってからはじめてのことだった。

『どうしてお父様が謀反を起したなんて信じたんですか⁉』

記憶のなかよりも少し老けた皇帝に、そんな言葉が口をついて出そうになる。あんなに仲が良かったのにと。

（もし柳貴妃たちがお父様を陥れようとしても、皇上が最終的に信じなければ、私の処刑だってなかったはずよ）

もしあのとき、皇上が謀反などありえぬと言ってくれていたら――。

きちんと調べてくれていたら――。

瑶伽のなかで、そんな思いが後から後から湧きあがってくる。

「そなたは、火事が起きる前に第六皇子とともに鴻天宮にいたそうだな？　蓮花宮に仕えるそなたが、鴻天宮にいた理由はなんだ？」

瑶伽が叫びたくなる衝動を必死にこらえていると、それをどう解釈したのか皇帝が重ねて問いかけてくる。

「正直に話せ。父皇の前で一言でも偽りを申せば、即刻その首を刎《は》ねるぞ！」

脅迫めいた言葉を投げつけてくる皇太子に、瑶伽は大きく深呼吸した。まずはこの問題に対応しなければと。

「……皇上にお答えいたします。それは殿下が、わたくしの二胡を気に入ってくださったからですわ」

瑶伽は、燿の王女として身につけた完璧な礼儀と作法をもって答えた。

「二胡だと？」

「はい。聞けば殿下は、ここ数年不眠に悩まされておいでとのこと。しかしなぜかわたくしの二胡を聴くと眠れるとおっしゃり、弾くように命じられました。わたくしの立場では、皇子殿下に命じられれば断れませぬ」

瑶伽がそう説明すると、皇帝は悩ましげにため息をついた。

「淵之の不眠については、余も聴きおよんでおる。余にも責任の一端はあろう」

「父皇！　私は淵之に殺されかけたのですぞ！」

「宣之よ。余が求めたのは、淵之がおまえを殺そうとしたという主張の証拠だ。たとえこの者が淵之の間者であっても、それだけではそれを証明することはできまい」

「いいえ。私がこの間者を問いつめていたところ、淵之が乗りこんできて私を殴り、蓮花宮に火を放ったのです」

「おまえは淵之が火をつけたところを、しかと見たのか？」

皇帝は、息子たちが争うことを望んでいないのだろう。弟を訴えてきた皇太子に、内心は辟易《へきえき》している様子だった。

しかしその心情を、皇太子は理解できないようだ。

「もちろんです。あの淵之め、父皇の後宮に火を放つなど、父皇に対する謀反も同然ではありませんか！」

皇太子の話には、多少の誇張はあれど、なにひとつ嘘はなかった。だから皇太子も、子供の宮奴くらい、脅してすぐに口を割らせられると思ったのだろう。

「おまえ、正直に言わぬのならば打ちすえるぞ！　誰か、杖を持て！」

皇太子が声を張りあげる。どうやら瑶伽が自分の望む答えを口にしないかぎり、拷問するつもりのようだ。

どうしようかと、瑶伽が思案したときだった。

「言いがかりはやめていただきたい、兄上」

割りこんだのは、瑶伽が普段聞くことのない涼やかな淵之の声だった。

たった今武洪殿に到着したらしい彼は、革の長靴の足音も高く、殿内に入ってくる。そして別人としか思えない洗練されたしぐさで父皇帝の前に跪いた。

(あいかわらず、猫っかぶりは健在ね……)

いつもとはまったく違う姿に、瑶伽は思わずすずがめた眼差しで彼を見てしまう。

「言いがかりだと？」

「父皇、練兵場からただいま戻りました」

にらみつけてくる異母兄を無視し、淵之は落ち着きはらって報告する。

皇太子が怪訝な顔をした。

「……練兵場だと？」

「そうです。禁軍を預かる者として、日ごろから練兵場で時間を過ごすことを日課にしておりますので、今日もそちらに顔を出しておりました」

そして淵之は、しゃあしゃあと続ける。

「ご存知のことと思いますが、練兵場があるのは西の郊外。どんなに急いでも、皇宮との間を往復するには一刻《いっとき》は必要です。聞けば、蓮花宮から火が上がったのは半《はん》刻《とき》以上前とのこと。火をつけてから練兵場に向かい、また帰ってくるのは不可能ですよ」

「な、まさか……」

「帰途についていたところ後宮が燃えているとの報告を受け、急いで戻ってきた次第です。俺が練兵場にいたことは、ともに行動した禁軍の兵士たちが証言してくれるでしょう」

すらすらと報告する淵之に、杜総監も皇帝になにやら耳打ちする。

「そんな馬鹿な……！」

皇太子は蒼白《そうはく》になった。このままでは皇帝に虚偽を告げたのは自分ということになってしまう。そう焦ったのだろう。

「おい、おまえ！　おまえもこいつを見たはずだ。言え！　こいつが俺を殺そうとしたことを！」

瑶伽に駆け寄ってきた皇太子が、彼女の襟元を締めあげてくる。

息がつまりそうになってあえぐと、その腕を淵之がつかんだ。

「淵之、貴様……っ」

思いのほか強い力がこめられているのか、皇太子の顔色が変わる。

「たったひとりの宮女と、多くの兵士。どちらに信憑性《しんぴょうせい》があるかは明らかでしょう？」

「――もうよい」

低い声をもらし、にらみつけてくる弟に、皇太子がぎりぎりと歯嚙みしたときだった。深いため息をともに、皇帝が口を開いた。

「父上⁉　淵之は私を――」

「いいから、ふたりとも下がれ」

「父上！　お待ちください――」

もうたくさんだとばかりに皇帝が玉座を下りた。そのまま武洪殿を後にする父に、皇太子が追いすがる声がむなしく響いたのだった。

＊

武洪殿を出た瑶伽は、ふうと息を吐きだした。皇太子の追及からはひとまずどうにか逃れられたようだと。

しかし階を下りたところで、乱暴な手つきで淵之に腕をつかまれた。そして建物の陰に引きずりこまれる。

「もう、蓮花宮には戻るな」

「勝手なことを言わないで」

瑶伽は淵之の手を振り払おうとした。しかしがっちりとつかまれ、身動きさえ取れない。

「いいから今回は、黙って言うとおりにしろ！」

苛立ちの混じった怒鳴り声に、瑶伽は思わず肩を震わせる。しかしあまりに不条理だと思い、すぐに怒りが込みあげた。

「……冗談じゃないわよ。あんた何様のつもり？　私はもう薛瑶伽じゃ――あんたの婚約者でも、燿の王女でもないのがまだわからない？　私のやることをあんたに口を出される謂れはないの！」

淵之の婚約者は死に、ここにいるのは復讐を誓った瑜依という宮奴である。

父の復讐を果たすまでは、死んでも死にきれない。なにがなんでも柳貴妃の罪を暴く、そう瑶伽は決めたのだ。

「謂れはないだって？」

しかし淵之は、さらに腹を立てた様子で瑶伽を見下ろしてくる。

「おまえはもう薛瑶伽じゃない？　そんなことくらいわかってる！　むかついてし

ようがないくらいにな！　だったら俺は皇族で、今のおまえはただの宮奴でしかない。そういうことだろう!?」

「なっ――」

身分の差は歴然だ。逆らえば命を取られてもおかしくはない。言下にそう脅され、瑶伽は唇を噛む。

（私が瑶伽だって気づく前は、そんな態度を取らなかったくせに……！）

あいかわらず淵之は、瑶伽にだけは高圧的だ。そのことが、腹立たしくてならない。

「言っておくが、あの壺男に助けを求めても無駄だぞ。俺もまた壺のなかに入るだけだからな」

思わず懐の墨壺に触れると、それに気づいたのか淵之が牽制《けんせい》してくる。

「……どうしろって言うのよ」

そもそもこんな人目のあるところで壺中仙は呼び出せない。

「だから、いいから来いって言ってるんだよ！」

そう言って淵之は、瑶伽の腕を引いた。

昔とは違う。大人となった淵之の力に、子供になってしまった瑶伽が抗《あらが》えるはずがない。

「放しなさいよ！　淵児!!」

「その呼び方はよせ」

瑶伽が叫ぶと、淵之が低い声で告げた。

「え？」

「もう俺の方がずっと年上じゃないか。そんな子供のナリをして、そう呼ばれるのは不快なんだよ」

名前に〝児〟をつけるのは、親や年長者が、子供に親しみを込めて呼ぶときのものだ。どうやら淵之はそれが気に入らないらしい。

「――言っておくけど、たとえ見た目が子供になっても、私があんたより二年多く生きていることに変わりはないわよ」

瑶伽がにらみつけると、淵之はみずからを落ち着かせようとしたのか、深く息を吐いて振り返る。

「……いいか？　このまま蓮花宮に戻れば、あの狂犬に、人知れず消されるだけだぞ!?」

「大丈夫よ。危なくなれば、壺中仙に逃がしてもらうから」

「あいつには頼るのかよ⁉」

「当然でしょう？　そういう約束だもの」

淵之が怒る理由がわからず、ますます瑶伽は眉をひそめる。

「とにかく、もう放っておいてちょうだい！　私は、お父様が無実の罪を着せられたっていう証拠を探さなくちゃならないのよ。そのために今はまだ、蓮花宮から出るわけにはいかないの！」

まだあの書簡を手に入れていない。ようやく尻尾をつかみかけたのに、ここであきらめるわけにはいかないのだ。

「……そうか。おまえ、燿王の謀反をでっちあげたのは、柳貴妃だと思っているんだな？　だから蓮花宮に仕えることにこだわった。そうだな？」

「そうよ」

うなずくと、淵之は一瞬考えこむように黙った。しかしすぐに、無理やり憤りを抑えたような低い声で瑶伽に質してくる。

「──証拠を見つけたとして、どうするつもりだ？」

「どういう意味？」

「宮奴がひとり訴えたとしても、刑部がそれをまともに取り合うと思うのか？　柳貴妃に気づかれれば、証拠を握りつぶされるか、その前におまえが消されるのが関の山じゃないか」

「それは……」

瑶伽は、冷や水を浴びせられたように一気に消沈した。

たしかにそれは、瑶伽もずっと気にしていたことだからだ。

柳貴妃は普段から六部の役人に賄賂を握らせ、おのれのほしいままに操っている。それは裁判を扱う刑部も同様で、もし瑶伽が真相を暴いたとしても、皇帝の耳に入る前になかったことにされてしまうかもしれない。

「ただの宮奴でしかない今のおまえには、役人に公正な裁きを下させる、そんな力もないんだよ！」

「……だとしても、あんたには関係ないでしょう⁉」

それでも瑶伽は、頭を振って淵之を拒絶した。

「この二年、私はずっとひとりでやってきたの！　誰の助けもいらないのよ！」

「……おまえ、どうしてそんなふうになっちまったんだよ？」

それまで瑶伽に追い打ちをかけるばかりだった淵之が、ふいに寂しげにつぶやいた。

しかしそれが、瑶伽のなかの怒りに火をつける。

(どうしてですって？　決まってるじゃない)

助けを求めて振り払われる絶望を知ってしまったからだ。

唇を引き結んだ瑶伽に、淵之がぽつりと言った。

「――俺を、利用すればいいじゃないか」

「あんたを？　どういう意味よ？」

「おまえ、燿王の無実を証明したいんだろう？　だったら、うまく俺を使えって言ってんだよ」

「それは、証拠が見つかったあと、あんたが柳貴妃を訴えてくれるってこと？」

「そうだ」

その申し出は、瑶伽には悪い話ではなかった。

しかし同時に不思議にも思う。

なぜ淵之は、この件に固執するのだろう、と。

理由として瑶伽が考えられるのは、ひとつだった。

「あんたが皇位に就くために、皇太子が邪魔だから？」

柳貴妃が失脚すれば、その子である皇太子も無事ではいられない。だから手を組もういうのか。

　瑶伽の言葉に、淵之は息を呑む。

　しかし次の瞬間には顔を背け、彼は短く答えた。

「……そういうことだ」


　互いに無言のまま連れてこられた鴻天宮は、すでに夕闇に包まれ、静かさに包まれていた。

　池で鯉が跳ねる水音に、よりそれを意識させられる。互いに激情が過ぎさったあとは、ただ静かで、それがなにより落ち着かなかった。

「やはりこの宮は安らぐのう。月明りの下で眺める池も、またオツなものよ」

　すでに正体を知られた淵之に気を使うつもりはないらしい。宮殿に入ったとたん姿を現した壺中仙だけが、ひとりはしゃいでいる。

　最近、瑶伽が淵之に呼ばれたときにしか鴻天宮に入れなかったからだろう。淵之の前で彼を壺中から出すわけにもいかず、壺中仙もしばらくお気に入りのこの宮で羽を伸ばすことができなかったのだ。

すっかりご満悦な様子で提灯の並んだ柱廊を跳びはねる壺中仙にかまわず、瑶伽は黙ったままの淵之を盗み見た。

(皇位のため、ね)

淵之は変わった。

背が伸び、顔つきが大人になっただけでない。あのころの面影はどこにもなく、瑶伽のまったく知らない男の人のようだ。

(だって、前はこんなきつい表情をすることなんてなかったのに。皇后様の養子になって、欲が出たってこと?)

かつての淵之は、皇位に興味などなく、兄たちと争うことをひたすらに避ける少年だった。しかし、今の彼は違う。皇位に手が届きそうになったから、あきらめるのが惜しくなったということか。

(でも、そうね。人は変わるものだもの。私だって、昔の私じゃない……)

瑶伽の視線に気づいて、淵之が口を開いた。

「なんだ?」

「……不思議に思っていたんだけど、どうしてあんた、私が瑶伽だってわかったの?」

他人の死体に蘇った――。

正直こんな浮世離れした話を、淵之が信じるとは思わなかった。

いくら二胡の音が似ていたり、呼び方が一緒だったとしても、今の瑶伽はどこからどう見ても瑜依という十歳の少女のはずなのに。

すると淵之がぽつりとつぶやいた。

「借屍還魂《しゃくしかんこん》――」

「え？」

「昔母上が、そんな昔話を聞かせてくれたことがあっただろう？」

幼いころに宸妃が、寝る前のふたりに読み聞かせてくれた童話のひとつだ。死んだ人間が、まったく別人の身体で目覚めたという。

そのときはふたりとも、ただの与太話だと笑ったけれど――。

「……そうね。そういうものなんでしょうね」

屍を借りて魂が還る――。

瑶伽は、処刑された日のことを思い出した。処刑場で首を斬られたあと、この范瑜依として目覚めたときのことを。

「それに、一瞬の間にいろいろ飛ばされてみろ。蓮花宮にいたはずなのに、なんか変な世界にいて、さらに気づいたら今度は練兵場にいるなんて、なにが起きても不思議には思わねーよ」

なるほど。身をもって体験したために、現実離れした話を信じたというわけらしい。

「少し状況を整理させてくれ」

灯りのともされた室内に入ると、淵之は鍵のついた抽斗から一冊の綴《つづ》りを瑶伽に差しだした。

「これは?」

「燿王の……裁判の記録だ」

「っ――」

瑶伽は小さく息を呑んだ。

「刑部から、ひそかに取り寄せて書き写したものだ。もちろん燿王はすでに亡くなっていたから、罪人不在で行われたものだが――」

「っ、お父様は――」

罪人と言われ首を振ろうとする瑶伽を、淵之は遮った。

「わかってる。だが無罪を証明するにしても、どうして謀反とされたのかを知る必要はあるだろう？　これを読めば、俺にわからないことも、おまえならなにか気づくかもしれない」

「……わかったわ」

淵之の言うとおりである。瑶伽は、震える手でそれを受けとった。

「たしかに私には、わからないことばかりだもの。事件のあとはすぐに軟禁されてしまったし、斬首のあとも宮奴として後宮の……しかも洗衣局から出られなくて、情報を集めることもできなかった。お父様がどうやって謀反人に仕立てあげられたのか、正直今でもさっぱりわからない」

そしてなぜ淵之の父である皇帝が、簡単にそれを信じてしまったのかもだ。

「あのとき、燿王は母親――つまりおまえの祖母の命日を祀《まつ》るために、燿への帰郷を許されたんだったよな？」

「ええ。もともとお父様が都に留めおかれていたのは、それが瑞華帝国に併合されるときの条件だったからよ。だからお父様は、領土を保証される代わりに、十五年のあいだ、一度も燿には戻らなかったの。だけどあの年は、お祖母《ばあ》様が亡くなってちょうど十年の節目の年だったから――」

燿王のたっての願いが聞き届けられ、特別に帰還が叶ったのである。

そのあたりの事情は、淵之もよくわかっているはずだ。彼はうなずいてから、ひとつひとつ確認していく。

「祭礼となれば、本来なら孫のおまえも一緒に行くのが普通だよな。だけどあのとき、おまえはひとり都に残された。それは、燿王に対する人質という意味があったからだ。そうだな？」

「そうよ。だから余計に納得できないのよ……。謀反を起せば私が殺されるとわかっているのに、お父様がそんなことするわけないじゃない……！」

あふれてくる感情を抑えきれなくなり、瑶伽は顔を覆った。

「お父様には、お祖母様のお墓参り以外に、ぜったいになんの意図もなかったわ！なのに柳将軍が、お父様が謀反を企てているって突然燿の王宮を制圧したのよ!!」

兵権を持った大司馬が、圧倒的な軍事力をもって攻め入ってきたとあれば、武装していない王宮などひとたまりもなかったはず。味方と思っていた者たちに突如襲われた父の無念はいかほどだっただろう。

込みあげる怒りと悲しみのまま叫んだときだった。

「瑶伽……」

気がつくと瑶伽は、淵之に抱きしめられていた。身長差がありすぎて、頭を抱えられていると言ったほうが正しいかもしれないけれども。

「っ、お父様は――」

「わかってる」

収まらない思いで訴えつづけようとすると、淵之はさきほどと同じ言葉を口にした。

たった一言――しかしわずかな揺るぎもない声だった。それだけで瑶伽は、荒波のように乱れた感情がすっと凪《な》いでいくように感じた。

「だからこそ大司馬は、一度捕らえた燿王を殺したんだ。反論できないように」

そのとおりだと、瑶伽は淵之の長袍をぎゅっとにぎりしめる。

父王は都に護送される途中、逃亡を図ったとして殺された。それは皇帝の前で申し開きをされれば、謀反などないことが明らかになるからだと。

「そもそも大司馬は、北の国境から軍を率いて都に戻る途中で、燿に立ち寄ったと説明していた。だが当時、北方は落ち着いていた。なのにたまたま視察に行っていて、たまたま帰りに燿王の謀反に気づいたなんて、そんな都合のいい偶然あるはずない」

「うん……」

なだめるように髪を撫でられ、瑶伽は素直にうなずいた。そして自分を落ち着かせようと深く息をつく。そのときだった。

ぎゅむっ、という感触とともに顔が強く押し戻された。

「──むむ、苦しいではないか」

伏せていた目を開くと、幾何学文様の織りこまれた壺中仙の道服が眼前にあった。

「──って、なんでおまえが割りこんでるんだよ‼　つーか、気色悪すぎるだろ、それ⁉」

叫び声とともに淵之が飛びのいたのも無理はない。瑶伽の胸元から生えていた壺中仙の身体が、ふたりの間に割りこんでいたからだ。

「なにやってるの、壺中仙⁉」

瑶伽が驚いて訊ねると、壺中仙は下半身を収めている墨壺ごと、ごとりと床に滑り落ちた。そして上半身だけの姿で振り返り、目を丸くしたままの彼女の手をにぎる。

「そなたがこやつに不埒《ふらち》なことをされておるで、助けに参ったのじゃ」

「不埒って……」

「誰が不埒だ、誰が‼」

絶句する瑶伽に代って怒鳴り声を上げたのは淵之だった。すると壺中仙はくるりと淵之に向きなおり、腕を組んだままにらみつけた。

「しらばっくれるでない！　そなた今、我の宝玉にヨコシマな念を抱いていたであろうが!!」

憮然《ぶぜん》とする壺中仙だったが、小さな墨壺は身体の下に隠れて見えず、腰斬された死体が話しているようにしか見えない。

その様子と、あいかわらずの彼の斜め上の発想に、瑶伽は思わず吹きだしてしまった。淵之が、「我の、だって？」と顔を引きつらせたことなど気づかずに——。

「壺中仙ったら！　そんなことあるわけないじゃない！」

不埒もなにも、今の瑶伽は十歳の子供なのだ。淵之にそんな念などあるはずないではないか。

そう笑いとばす瑶伽に、壺中仙はさらにずれた返答を寄越してくる。

「なに？　ではこやつ、まさか龍陽の輩なのか？」

「りゅうよう？」

聞きなれない言葉に瑶伽は首をかしげた。

「漢《おとこ》を好む漢のことよ」

「ええと、つまり男色ってこと？」

「なんで俺が男色なんだよ‼」

しかしそれは淵之の怒りの火に、さらに油を注ぐ結果となったらしい。激昂《げっこう》した淵之は、剣を抜いて壺中仙の頭に振り下ろした。

すると壺中仙は、下半身を墨壺に収めたまま腕だけで床を叩いて飛びすさり、向かってきた切っ先を避けた。

「違うのか？　ならば少し安心かの。なにせ我の美しさにメロメロになるのは女子《おなご》だけでなく男子《おのこ》もだからのう」

「淵之は違うわよ。男色家だったら娼館になんて行かないでしょ」

「なるほどのう。しかし龍陽の輩でないなら、やはりそなたは気をつけねば。いつ不届きで邪《よこしま》な念を抱くかわからぬからの」

「だから淵之には、幼女趣味もないわよ！」

話がずれて、収拾がつかない。どうにかして本筋に戻そうと瑶伽は壺中仙に強く言い聞かせた。

抱きしめてきたといっても、この世には幼い子供相手には、無条件にやさしくなる人もいる。淵之がそうだとは知らなかったが、泣きそうになっている子供を放っておけない気持ちくらいはあるのだろう。

「本人だってちゃんとそう言ってたもの」

瑶伽は「ねえ」と淵之に同意を求めた。

まだ瑜依が瑶伽と分かる前、淵之は自分で幼女には興味がないと、はっきりと断言していたのだから。

「それに淵之は昔から私のことが嫌いなのよ。だからそんな心配はないわよ」

しかしすぐにうなずくと思った淵之は、その言葉になぜか声をつまらせた。

「俺は……！」

「え？　まさか本当に幼女趣味があるの？」

瑶伽は目を丸くした。そういえば瑶伽だとわかる前、いやに瑜依に執着していたと。

「あるか！」

「そうよね。ほら、心配ないでしょう？」

今度は強く否定した淵之を指さし、瑶伽は壺中仙をなだめた。

「いや、そうじゃなくて瑶伽。俺は……」

「とにかく！」

状況をこれ以上混乱させてなるものか。そう思った瑶伽は、まだどこか煮えきらない態度で言葉を続けようとする淵之をぴしゃりと遮った。

「とにかく今は、なんとしてでも柳貴妃たちの陰謀の糸口を見つけて、お父様の仇を討たなければならないの！」

怒りや悲しみに身を任せているときではないと、瑶伽は気を取りなおした。

（そうよ。そのために私は、こうして生きながらえてきたんだから……！）

「一番わからないのは、柳将軍がお父様の謀反をでっちあげた理由なのよ！　いずれにしても柳貴妃や皇太子が絡んでいるんでしょうけど——」

そう言って瑶伽は、淵之から受け取った裁判記録を開いた。しかし読み進めてすぐに啞然とする。

「お父様が、領内で採れた鉄鉱石で武器の密造をしていたなんて、なんでこんなデタラメが……」

書かれていたのはそれだけはなかった。

密《ひそ》かに造っていたその武器を、北方の紫理《しり》国へ横流ししていたこと。

瑞華帝国に帰順する際に貢納した銀山から、勝手に銀を採掘して私腹を肥やしていたこと。

それらを元手に、私的に兵を募っていたこと――。

「どうした、我の宝玉よ」

肩を震わせる瑶伽に、壺中仙が声をかける。

「こんなの嘘ばっかり。お父様がこんなことするはずないじゃない……！」

「じゃが、証人がおるようじゃぞ」

「楊忠惟《ようちゅうい》、ですって？」

壺中仙が指さした名前に、瑶伽は息を呑む。それは、燿国で長く宰相の位にあり、瑶伽もよく知っている男だったからだ。

「どうして彼が……？」

楊忠惟は、燿が瑞華帝国に恭順を誓う前から父王に仕えていた男だった。併合後は、都に留めおかれて燿に戻ることができない父に代わり、領地を統括していたはずである。

しかし記録によると、燿王の腹心であり、燿の内情をもっとも了解しているこの楊仲惟の証言によって、父は叛乱を目論《もくろ》んでいたと結論づけられたのだ。

瑶伽は愕然《がくぜん》となった。皇帝が謀反を信じてしまったのも、そのせいであったのかと。

「そうよ、あの書簡……」

瑶伽ははっと気づいて、なぜかさきほどから黙りこんでいる淵之の顔を見上げた。

「ねえ。この前、柳貴妃のもとに届いた書簡のひとつに、見覚えのある字を見つけたの。内容までは読めなかったけど……。思い出した、あれは楊忠惟のものよ」

彼が、父王を裏切るなんて。

だとしたら、なんのために？

「じゃがその男、とうに処刑されとるとあるのう」

「どういうこと？」

壺中仙の指さすところまで読み進め、瑶伽は呆然とした。

――燿の元宰相である楊仲惟は、燿王の謀反に加担したとして腰斬の刑に処す。

そう記されているからだ。

「じゃああの書簡はなんなの？」

「つまり、この者が処刑されたというのは嘘で、本当は生きておるということではないかの？」

「……書簡って、なんだ？」

戸惑う瑶伽に、淵之がようやく口を開いた。

「だから、楊忠惟からと思われる書簡が、柳貴妃のところに届いたのよ。なんて書いてあったかまではわからないけど、柳貴妃は珂普山からだって言ってたわ」

「珂普山？」

「燿の北部にある山よ。それで柳貴妃が、『図々しくなったから、処分する手配をしておいて正解だった』って――」

「珂普山か……」

　淵之は、その名前を口のなかで転がした。

「行ってみるか」

「え？」

「その楊忠惟が生きていて、書簡を柳貴妃に送ったのが事実なら、本人は珂普山にいるってことだろう。そいつから話を聞くのが手っ取り早い」

「それは、そうかもしれないけど……」

　急な話についていけず、瑶伽は目を瞬かせた。

「仕度しろ。すぐに出るぞ」

「って、あんたも行くつもり？　無理よ。皇子が無断で都を離れられるわけないじゃない」

そんなことが明るみになったら、謀反を疑われ、下手すれば彼も死罪だ。

「いいから行くぞ。ぐずぐずしている暇はない。柳貴妃は〝処分〟って言ってたんだろ？　だったら、はやくしないと柳貴妃に消される可能性があるぞ」

「それは……」

瑶伽は、反論できなかった。

「つまり、こう考えるのが自然じゃないのか？　楊仲惟がなんらかの理由で柳貴妃と通じ、燿王を裏切って主君の謀反をでっちあげた。その後なにかがあって、次第に柳貴妃は彼を邪魔に思うようになった」

たしかにそう考えれば辻褄《つじつま》は合う。そういえば阿嬌が『また金額を吊り上げてきたのか』と言っていたではないか。

「でも、だったら私ひとりで――」

やはり淵之に頼るのは居心地が悪い。そう思っていると――。

「おい、ツボ仙人」

瑶伽の言葉を遮り、淵之はさきほどまで怒りを向けていた壺中仙に声をかける。

「なんと！　下賤《げせん》な呼び方をするでない！　我は誉れ高き壺中仙であるぞ！」

「あー、そうだったな。それはたいそうなこった」

淵之が耳をほじりながらおざなりに返すと、壺中仙はぶるぶると身体を震わせた。

「そなた……このような侮辱、許すまじぞ！」

「へえ？　許さないって？　でもおまえ、殺生はしないんだろ？」

たしかに壺中仙は、淵之とはじめて言葉を交わした壺中の世界で、そう言っていた。

「ぐぬぬ。そなた、我の足元を見おって……！」

「ちょっと、ふたりともいいかげんにして！」

瑶伽が一喝した。今は喧嘩などしているときではないと。

「そう、いいかげんにしろ。おまえの力で、さっさと俺たちを珂普山へ運べ」

「なんで我がそのようなことをせねばならぬのじゃ！」

「いいから飛ばせよ。壺さえあれば、距離は関係ないんだろ？　それともできないのかよ？」

「な⁉　そのようなわけなかろう！　壺中仙たる我にとって、その程度のことはお茶の子さいさいじゃ！」

「……どうして？」

挑発して壺中仙を乗せた淵之を、瑶伽は見つめた。

どうしてそんな危険を冒すのかと。

たしかに壺中仙の力を使えば一瞬のうちに燿の領土まで行くことは可能だ。しかし誰かに怪しまれて屋敷にでも乗りこまれれば、淵之の不在などあっという間に知られてしまう。

「いくら皇位のためだっていっても――」

「俺はもう、自分の無力を嘆くのは嫌なんだよ」

本末転倒ではないのかと問いかける瑶伽に、淵之はただそう答えた。

どういう意味だろう。

瑶伽がその言葉を反芻《はんすう》しているうちに、淵之は手早く仕度を整え、三人は珂普山へと足を踏み入れることになったのだった。

第六章　洞窟のなかの屍姫

珂普山は、帝国の東北に位置する燿の領土でも、北よりの土地にある山だ。

春は近いとはいえ、このあたりはまだ身が切られるように冷える。

梅が咲きはじめた涌京とは比べるべくもない。花びらの代わりに、強い風に飛ばされた風花がきらきらと舞っている有様だ。

「燿に来たのははじめてだが、やっぱり寒いな」

小さな村を見下ろせる丘の上、木々の間から覗く鐘楼を眼下に収めながら、淵之はぶるりと身体を震わせた。

「……そうね。燿都の……あたりは、もう少し暖かい、はずなんだけど……！」

瑶伽も領地に足を踏み入れるのは、燿国が瑞華帝国に降伏した六歳のとき以来のはず。淵之同様、慣れない寒さが身に染みているようだ。

しかし瑶伽にとって、一番の問題はこの気温ではないらしい。

「あんまり無理するなよ。負ぶってやるって言ってるだろう？」

ゼイゼイと息を切らす瑶伽を見かねて、淵之は声をかけた。

ふたりが目指しているのは、珂普山のふもとにある村だ。来る前に地誌で確認したところ、そこがこのあたりで一番大きいと書いてあったからだ。

（まず村の様子を探ってからと考えたのが、裏目に出たな。今の瑶伽が子供だってことを忘れてた……）

人目につかないよう、壺中仙に村はずれの寺に出させたことを、淵之は後悔していた。

大人にはたいしたことのない距離でも、子供にとっては違う。そもそも歩幅が──足の長さが違うのだと、弟妹もいない淵之は気づかなかったのだ。

しかも昨夜はほとんど寝ていない。体力的にも子供の身体では限界が近いはず。

「大丈夫よ。自分で歩けるわ」

しかし淵之が手を貸したくても、瑶伽は突っぱねるばかりだ。せめて歩調を合わせようとしても、彼女は苦しげな息をもらしながらそれさえ許さない。

自分にまったく頼ろうとしない瑶伽に、淵之は胸を刺すじくじくとした痛みを覚える。それは彼女が、淵之をまったく信頼していない証《あかし》だからだ。

『……だとしても、あんたには関係ないでしょう⁉』

『この二年、私はずっとひとりでやってきたの！　誰の助けもいらないのよ！』

瑶伽の強い拒絶を思い出せば、淵之はやるせなくてならなかった。

かつての瑶伽は、いつだって多くの友人に囲まれていた。どんなに気が強くても、そんなふうに他人の手をはねつけるような女ではなかったはずなのに。

『どうせ私には、もうなにも残っていないもの。お父様も、自分の身体も……。残ったのは、范瑜依という子供の身体に入ったこの魂だけ』

淵之は、そうつぶやいた瑶伽が痛々しくてならなかった。

しかし瑶伽が自棄《やけ》になるのも無理のないことなのだ。瑶伽は、無実の罪で父を殺され、みずからも容赦なく斬首された。目覚めても最下層の宮奴とあっては、きっと家畜のように扱われ、折檻され、こき使われてきたに違いない。

（あのとき、俺が助けられてさえいたら……！）

彼女がなめてきたであろう辛酸を思うと、淵之は自分の無力さが情けなくてならなかった。

（なのに、どうして俺はあんな言い方しかできない？　これじゃ昔となんにも変わらないじゃないか）

『俺を、利用すればいいじゃないか』

ようやく口にできたのは、本心とはうらはらの言葉だけ。

孩子《ガキ》だとわかっていながら、それでも自分ではどうすることもできない。瑶伽に皇位のために協力していると思われても、否定することさえできなかった。

あまつさえ――。

『それに淵之は昔から私のことが嫌いなのよ』

瑶伽の声が耳に蘇ると、絶望でその場に座りこんでしまいたくなる。

(俺はただ、瑶伽にふさわしい男になりたかっただけなのに、そんなふうに思われてたのかよ……)

母が亡くなったときも、彼女に頼ってばかりの自分が情けなかった。しかし政に関われば、兄たちの警戒を呼ぶ。だからせめて軍人として独り立ちしたかったのだ。

それだけでない。どんどん女性になっていく瑶伽と一緒にいるのも気まずくて、つい彼女を避けていた。

そうしてどうせ結婚するからと高をくくって会わずにいるうちに、瑶伽は淵之の前からいなくなってしまったのだ――。

(だいたいあれには、どう答えればよかったんだ?)

『淵之には、幼女趣味もないわよ!』

(たしかに俺には、そんな趣味はない。ないけれど――)

否定してよかったのか？　今の瑶伽に向かって？

正しい答えがわからなかった。ただ思い知らされるのは、瑶伽にとって自分が、すでに終わった存在なのだということだけ。

（だいたい娼館ってなんなんだよ。たしかに子供扱いしてくる瑶伽に嫉妬させたくて稜裕と妓楼《ぎろう》に行ったことはあるが、そのときのことか？　いや、でもあれは――）

「おや、土砂崩れがあるのう」

淵之が心のなかでぐちぐちと繰り返しているときだった。壺中仙の声に我に返ると、前方で土砂が道を塞いでいた。

なかには大人の腰ほどの大きさの岩まで転がっている。さすがに子供の手足でこれをよじ登るのは無理だろう。そう思って、淵之は瑶伽を振り返った。

「瑶伽――」

「危ないぞ、我の宝玉よ」

しかし手を伸ばしかけた淵之の眼前で、壺中仙がひょいと彼女を抱きあげた。

「ありがとう、壺中仙」

しかもさきほどまでかたくなに淵之の助力を拒否していた瑶伽が、壺男には素直に礼を口にする。

「なんの、礼には及ばぬ。そなたの黒く輝かしい魂に触れることは、我のよろこびだからの」

「っ、おまえ……！　なんで勝手に壺から出てきてるんだ？」

むつまじい様子をまざまざと見せつけられ、そういえばこいつがいたのだと、淵之は声を荒らげた。ずっと瑶伽のことで頭がいっぱいで、壺中仙のことなどいっさい視界に入っていなかったのだ。

（俺に頼るのは嫌でも、こいつならいいのかよ⁉）

そう思えば、淵之は苛立ちが抑えられない。

「まずいのかの？　ここは女人《にょにん》の園たる後宮ではないのじゃから、我の姿が見られたとて問題はなかろうて」

「ええ、大丈夫よ」

はて、と首をかしげる壺中仙に、瑶伽がうなずく。それだけでなく古めかしい道服の胸にしがみつく瑶伽の姿に、淵之は思わず叫びたくなる。

「……先行くぞ！」

しかしそれを瑶伽にぶつけるわけにもいかない。淵之にできるのは、そう言い置き、ふたりを待たずに土砂を越えることだけだった。

「くそっ！」

そのまま足を止められず、ひとり足早に進みながら淵之は毒づいた。

この二年、大人になって力をつけたつもりだった。なのに結局、瑶伽が頼るのは淵之ではないのだ。

「あ――」

しかし村に入ったところで、淵之は立ち止まった。ちらほらと並びだした露店に、大きな素焼の壺が並んでいるのを見つけたからだ。

「ちょっと、淵之！　勝手に先に行かないでよ！　――って、なにしてるの？」

怒ったように追いかけてきた瑶伽が、怪訝な表情を浮かべた。それにかまわず淵之は、銅銭の代わりに店主から受け取ったものを半分に割り、彼女に差しだした。

「好きだっただろ？」

ほかほかと湯気を上げているそれは、壺焼きの芋だった。持っているだけでかじかんでいた手がすぐに熱くなり、「ほら」となかば押しつけるようにして彼女に手渡す。

「……よく覚えてたわね」

先に露店の卓についてかぶりつく淵之に、自分の冷えきった身体を意識したのだろう。瑶伽も素直に隣に腰を下ろした。

「しょっちゅう一緒に食べてたからな」

懐かしさに、淵之はつい苦笑する。

子供のころ瑶伽は、皇宮を抜け出した淵之をよく街に連れだしてくれた。そして遊び疲れると、いろいろな屋台で腹を満たしたのだ。そのなかでも、冬場に食べる焼き芋はふたりの好物だった。

皇宮で出される華やかで上品な、そして毒見のために冷めきった料理の数々とは違う。蜜のように甘くて温かい――ふたりで分けあって食べるそれは、淵之にとって格別のものだったことを思い出す。

「我にはないのかの？」

「勝手に食えばいいだろ？　っていうか、欲しけりゃ、あの壺に入ればいいんじゃないか？　そうすれば食い放題だろうよ」

炭で熱せられた壺を指さし、淵之はそっけなく言ってやる。

「……そなた、根本的に我を馬鹿にしておるであろう？」

「気のせいだろ」

「ぐぬぬぬ！　なんと無礼な男なのじゃ！」

壺中仙が顔をゆがめて地団太を踏んだ。

「もう、喧嘩しないでよ……」

瑶伽はあきれたように言うが、この男に対して親しくなんてできるはずがない。

『壺中仙が私を殺すことはないわ。約束したから。死んだら魂をあげる代わりに、私の復讐の手助けをするって』

（そんなこと、許せるはずないだろうが……！）

湧きあがる怒りをまぎらわせようと、淵之が一心に芋を咀嚼《そしゃく》しつづけていたときだった。

「うちの焼き芋は美味《うま》いだろう、お嬢ちゃん？」

愛想よく話しかけてきたのは、壺焼き屋の店主だった。ふくよかな中年女性で、みずからも子供がいるのか、瑶伽に微笑みかける。

「ええ、とても美味しいわ」

いかにも子供らしい無邪気な顔で瑶伽が礼を言うと、女店主は満足げにうなずいた。

「買ってくれるなんて、やさしいお兄ちゃんだね。うちの子たちは喧嘩ばっかりだからねえ」

「俺たちは兄妹じゃな――っ」

むっとした淵之が否定しようとすると、その口を瑶伽が塞いでくる。

「ちょっと！　子供が保護者なしでこんなところにいたら、怪しまれるだけなんだから黙っててて！」

「だったら、あいつと兄妹でいいじゃないか！」

なぜ瑶伽と兄妹にならなければならないのかと、淵之はさきほどから芋の入った壺を興味深げに眺めている壺中仙を指さす。

「壺中仙じゃあ容姿が違いすぎて、ますます怪しまれるでしょ！」

髪も目も色の違う壺中仙では、兄妹のふりをしても信じてもらえない。そう瑶伽はぴしゃりと言った。

「仲良しだねえ。しかもお兄ちゃん、いい男だね。あたしの旦那の若いころにそっくりだよ」

顔を近づけこそこそと話すふたりが、よほど睦まじく映ったのか。店主は笑いながら、淵之をしげしげと見つめてくる。

「……その旦那は、どうしたんだ？」

口を押えてくる瑶伽の小さな手を引きはがしながら淵之が訊ねた。

「……夫は、鉱山に取られてしまってね。ずっと留守にしてるんだよ」

「鉱山？　なんの？」

「わからないね。この辺の村からは、ほとんどの男が役人に連れていかれてしまって、さっぱりなんだよ。帰ってきた者もいないわけじゃないが、みな原因不明の病にかかって寝たきりだって聞いている。うちの旦那も今どうしているんだか……」

「病？」

「手足がしびれて、耳が聞こえなくなったり、歩けなくなったりする奇病だよ。ああ、恐ろしいね」

震える店主に、淵之は瑶伽と顔を見合わせた。

「その鉱山って、どのへんにあるんだ？」

「ああ、採掘場は山の東側にあって、ここから行くと一刻くらいはかかるんじゃないかねえ。まったく、瑞華帝国の支配なんぞ受けるから、こんなことになるんだよ」

相手が帝国の皇子とは知るよしもない店主は、そうぼやいた。

＊

「ずいぶん寂れた村だったわね」

とりあえずその鉱山を調べようと道を進みながら、瑶伽は淵之に話しかけた。

さきほどよりもきつい山道である。村で教えてもらったのは、馬車も通れる整備された路だったが、途中で兵士のような者たちが検問しており、それを避けて獣道に入ったからだ。

たびたび壺中仙に手を貸してもらいながら、瑶伽はようやくの体《てい》で歩きつづける。しかし武人として鍛えた淵之の足には、ついていくのもやっとだった。

「このあたりは、気候のせいで作物はあまり育たないの。その代わりに鉱山が多くて、領民はそれなりに潤っているはずなんだけど……」

燿王が瑞華帝国に降伏したとき、その領土が保全されたのは、その豊富な鉱物資源のおかげである。父王は、領内の銀山を皇帝に貢納することと引き換えに、その他の領土を帝国に認めさせたのだ。

「だけどあの村は、ひどく荒《すさ》んでいたわ。このあたりでは屈指の賑わいって、書物には書いてあったのに……」

宿や商店がいくつかあるだけで、しかも行き交っているのは女性や老人ばかり。壺焼き屋の店主が言うように、若い男はほとんどいなかった。

「もしかして、鉱山に男の人が連れていかれるようになったせいで寂れてしまったのかしら。聞きこんだ人はみんな口をそろえて、十年くらい前からって言ってたわよね？」

「……そうだな」

「でも十年っていうと、お父様はもう涌京に行ったあとよ？　無理やり若い男の人たちを連れていくなんて、あのやさしいお父様が承知しているとも思えないし」

「ああ」

「もしかしてお父様は、その鉱山のことを知らなかったのかもしれない。だとしたら、やっぱりなにか関係があってもおかしくないわ」

「……………」

息を切らしながら話しかけるが、淵之からは気のない言葉しか返ってこない。とうとう返事さえなくなり、瑶伽は顔を引きつらせた。

(なんでずっと機嫌が悪いのよ！)

瑶伽の足が遅いことに苛立っているのか、淵之はずっと不機嫌なままだ。さきほど焼き芋を食べたときは少し表情が緩んだ気がしたが、すぐにまた態度を硬化させている。

「ああ、もう！　そんなに嫌なら、私のことなんて放っておけばいいじゃない！」

腹立ちが抑えきれず、とうとう瑶伽は淵之に怒鳴ってしまう。

「は？」

振り返った淵之は、虚をつかれたかのように訊き返してくる。

「なんだって？」

「さっきからなんなのよ⁉　悪かったわね、足が短くて。子供の身体なんだから仕方がないでしょう⁉」

「いや、待て。なにを――」

「なにをじゃないわよ！　言っておくけど、私はあんたについて来てほしいなんて、一言も言ってないわよ？　あんたが勝手に――」

突然の瑶伽の怒りに、淵之は一瞬戸惑った顔をした。しかしふいに表情を引き締めると、瑶伽の腕を引く。

「なにす――」

「しっ！」

木の幹に押しつけられ、口を覆われる。顔の半分がすっぽりと包まれるほどの大きな手に、瑶伽はどきりとする。

「静かにしろ。兵がいる」

自分の小ささを思い知らされ、手足をばたつかせていると、淵之が険しい声で告げる。驚いて気配を探ると、淵之が視線を向けているあたりに武器を持った二十人ほどの一団が山道を上っているのが見えた。いずれもこんな田舎では見かけなさそうな、立派な武器を手にしている。

「あたりだな」

「まさか、彼らが柳貴妃からの刺客？」

「それ以外になにがある？」

ではやはり、この先の鉱山に楊忠惟はいるのだ。瑶伽は緊張した。

都からここまでは、馬を飛ばしても五日はかかる距離のはず。柳貴妃がいつ楊忠惟を排除するつもりになったのかはわからないが、どうやらぎりぎり間に合ったようである。

「はやく行かなくちゃ――」

楊忠惟は、燿王の無実を証明する鍵となるかもしれない男だ。殺させるわけにはいかない。

「いや。ちょうどいい。奴らに案内してもらうぞ」

しかし慌てる瑶伽とはうらはらに、淵之は落ち着きはらって言った。

「案内っていっても――」

「おまえ、楊忠惟の顔を覚えてるか?」

「っ、たぶん顔を見れば思い出すと……」

「あいつらはわかってる。その居場所もな。だったらついていけばいい。あいつらが襲いかかった相手が、楊忠惟だ。それを横からかっさらう」

「そううまく行くかしら?」

「やる」

そう思わないでもないが、きっぱりと言いきる淵之に瑶伽もうなずいた。たしかに時間もない以上、それしか道はないのかもしれないと。

男たちに気づかれないようついていくと、じきにぱっと視界が明るくなるところに出た。

「あれは――」

山間《やまあい》に、すり鉢状に開けた土地が広がっていた。覗きこむと、黒っぽい石を積んだいくつもの荷台を押す人々の姿が見える。

彼らが進む先には石を組んだ頑丈な建物があった。その背後には小川が流れていて、絶えず、ドン、ドンという鈍い音が響いている。どうやら水車を使って、なにかを粉砕しているらしい。

「あれが坑道か――?」

つぶやいた淵之の視線を追うと、切りたった崖のような山肌に洞窟のような穴がある。荷台を押す者たちは、みなそこから出てきているようだ。

「やっぱりなにかを採掘しているのね」

壺焼き屋の店主の言うとおりだと、瑶伽が口にした直後だった。潜んでいた兵士たちが、突然ざっと山道を駆け下りていく。

彼らの向かう先では、ちょうどひとりの男が建物から出てくるところだった。そののっぺりとした顔が、瑶伽の記憶に重なる。

「そうよ、あの男が楊忠惟よ!」

間違いない。時おり都にいる父のもとに来ていたのは、あの男だ。

瑶伽が叫ぶと同時に、淵之が石を投げつけた。それは、今にも楊忠惟に斬りかからんとしていた者の腕にあたり、握っていた剣が弾きとばされる。

「ひいいいっ」

剣が地面に落ちる音で兵士たちに気づいた楊忠惟が、悲鳴を上げた。

突然の襲撃者に慄《おのの》いたのは、楊忠惟だけではなかった。周囲の鉱夫たちも武器を持った兵士たちからいっせいに逃げまどい、その場は大混乱になった。

「いいか？　楊忠惟を捕らえたら、すぐ壺に入れよ！」

「淵之！」

言うがはやいか、淵之が駆けだす。

そして呼びとめる瑶伽にかまわず、彼は楊忠惟を取り囲んでいるひとりに斬りかかった。さらに背後から襲われ混乱する兵士たちのなかに割りこみ、あっと言う間に楊忠惟を連れだしてくる。

「瑶伽！」

淵之が、追いかけてきた瑶伽へと楊忠惟の身体を押し出す。逃がすまいとする兵士たちを淵之が阻んでいるうちに、瑶伽はその腕をとらえて壺中仙の名を呼んだ。

「壺中仙！　お願い――」

しかしそのとき、楊忠惟めがけて放たれた暗器が手の甲をかすり、思わず瑶伽は壺を取り落としてしまう。

「あ——っ」

パンッ——。

地面に叩きつけられ、壺が砕ける。

「おや、割れてしまったのう」

「っ——」

のんきに壺中仙がつぶやくなか、瑶伽は焦った。

壺がなければ壺中に逃げこめない。

どうしようと、一瞬の迷いをつくようにふたたび暗器が飛んでくる。思わず身を縮こまらせると、前に割り込んだ淵之がそれらを剣で打ち落とした。

「こっちだ、壺男！　楊忠惟を連れてこい！」

舌打ちした淵之は、瑶伽の手をつかみ、壺中仙に向けて叫ぶ。

「だから我を壺男と呼ぶなと——」

ぼやいた壺中仙にかまわず、淵之は無理やり彼に楊忠惟を押しつける。そして多勢に囲まれないようにするためか、瑶伽を連れて坑道のなかに入りこんだ。

「走れ！」

なかはうす暗く、採掘のために、壁にかかる提灯がぽつりぽつりとあるだけだった。

淵之に言われたとおり側道のある入り組んだ道を走ると、兵たちは追ってこなくなった。きっとなかで迷うことを恐れたのだろう。

「追ってこぬようじゃな」

「とりあえず出入口を押さえて、俺たちを閉じこめる作戦なんだろ」

定石だと、気配を探っていた淵之は言った。そして自分の内衣の裾を裂き、採掘に使っていただろう槌《つち》の柄にそれを巻きつけ、提灯から火を移した。

周囲がぱっと明るくなり、淵之は息を切らして座りこんでいる瑶伽の前で膝をついた。

「大丈夫か？」

「私は、大丈夫。でも、壺が……割れてしまって……」

「それはつまり、壺男が壺を使って移動できなくなったってことだよな？」

「まあ、そういうことになるのう」

確認する淵之に、壺中仙はひょうひょうとうなずく。

「こんの、役立たず！」

「なんと！　我が役立たずとな⁉　そなた、この誇り高き壺中仙に向かって、なんと無礼な――」

「……落として割ったのは私よ。壺中仙のせいじゃないわ」

瑶伽は声を落とした。これでは逃げられないと。

「気にするな、瑶伽。ほかの出口を、あの男から聞けばいいだけだ。――坑道はいくつかあるんだろう。そうでなければ、逃げこんだ鉱夫たちがここでたむろしているはずだからな」

壺中仙に対するのとはまったく違う口調で、淵之は瑶伽をなぐさめた。彼らが奥へ逃げていったということは、ほかにも出口があるはずだと。

どうやら淵之は、ただ敵に囲まれないようにするだけでなく、そこまで考えて坑道に退避したらしい。

子供のころとはまったく違う――。

そう驚きながら瑶伽が見上げていると、彼はいまだ呆然とへたりこんでいる楊忠惟に剣を向けた。

「お、おまえたちは、何者だ？」

首元に突きつけられた切っ先に喉を鳴らし、楊忠惟は声を震わせる。

「瑞華帝国の第六皇子、簫淵之だ」

「皇子、だと……？」

信じられないとばかりに楊忠惟が目を見開く。しかし次の瞬間には、我に返ったように首を振った。

「た、頼む。灯りを……その火を消してくれ」

「逃げるつもりなら、そうはいかない」

「そうじゃない！」

ひどく怯えたように、楊忠惟は叫んだ。

「だったら、どうして灯りを消してほしいんだ？　そもそもここはなんの鉱山だ？」

「それは……」

「死にたくなければすべて話すんだな。柳貴妃は、この鉱山とどう関わっている？」

「なぜ柳貴妃様のことを……？」

淵之は怪訝な表情を浮かべる楊忠惟に、さらに白刃を押しだして脅した。

「わからないのか？　襲ってきた男たちは、柳貴妃がおまえに差し向けた刺客だぞ。

おまえの口を封じようとしているんだ」

「まさか……」

「あなた、最近柳貴妃に書簡を送ったわね？　柳貴妃は、あなたが図々しくなったと言っていたわよ！　だから処分するのは正解だと」

「そんな。私はなにも――、紫理国で値が下がって、同じ価格で売れなくなってきただけで……」

「紫理国？　なんの価格が落ちたんだ？」

「だからそれは――」

楊忠惟が口を開きかけたときだった。突然あたりがまばゆいばかりに明るくなり、瑶伽は反射的に目を覆う。

「なに？」

腕の隙間から見ると、兵士たちが投げ入れたのか、地面でなにかが燃えている。

「導火線……？」

「やめろ！　火をつけるな！」

瑶伽が眉をひそめると同時に、楊忠惟が悲鳴を上げてうずくまる。

「瑶伽！」

突然、淵之の体がぶつかってきた。

そのまま側道に押しこまれる直前、炎がカッと大きくなるのが見えた。そしてすさまじい爆風が吹きぬけたのだった。


「瑶伽、瑶伽――!」

頬を叩かれる感覚に瑶伽が目を開けると、暗がりにぼうとした灯りが浮かんでいる。

「淵之?」

うっすらと見えた彼の顔に、瑶伽はその名を呼ぶ。

なにが起きたかすぐにはわからなかったが、どうやら淵之は携帯してきた紙燭に火をつけているようだ。その表情までは読めないものの、ほっとしたような気配を彼から感じる。

「ここは……?」

「投げ入れられた火薬が爆発したんだよ。避けようとして側道に入ったら坂道になっていて、だいぶ転がされた」

瑤伽は、状況を確認しようと視線をめぐらせた。身を起すと身体のあちこちが痛んだが、動けないというほどではない。

「壺中仙は？」

「わからない。楊忠惟を逃がしてなければいいんだが」

はぐれてしまったということらしい。

「大丈夫かしら、壺中仙」

「子供じゃないんだし、どうにかするだろ」

淵之はあいかわらず壺中仙にそっけない。どうしてこんなに嫌うのだろうと、瑤伽は不思議に思う。

「でも、壺も割れてしまったし、このままじゃ彼を呼べないわ」

瑤伽がため息をつくと、「そんなことより」と淵之が苛立った声をもらした。

「なんでおまえ怪我《けが》してんだよ⁉」

「あ、さっき暗器がかすって……」

それで壺を落としてしまったのだ。そう話すと、淵之は舌打ちし、押しつけるようにして瑤伽に紙燭を手渡してくる。

「べつにたいした怪我じゃ……」

「うるさい」

少し血がにじんでいるだけだ。そう説明するが、しかし淵之は聞く耳を持たずに傷に布を巻いていく。

その間、瑶伽はひどく居心地が悪かった。抗いようのない沈黙に、どうすることもできずに息をひそめるしかできない。

やがて手当が終わると、薄闇のなかでも淵之の眼差しが自分に向けられるのを感じる。それから逃れようと、瑶伽は立ち上がって言った。

「……紙燭では心もとないわね。さっきみたいに工具とか枝が落ちていれば、そちらに火を移せるんだけど」

地面を足で探るものの、なにもなさそうだ。しかし岩の合間でところどころに紅く光るものに気づいて、瑶伽は目をこらした。

「なんだかきらきらしてるわね。綺麗な紅い色……」

「紅だって？」

眉をひそめる淵之にも見せようと、瑶伽は彼の近くの壁に紙燭を近づけてみる。

「ほら。薄暗くてよくわからないけど、やっぱり赤褐色にきらめくものがあるでしょう？」

「紅い、鉱物……？　高値、紫理国、……手足のしびれ？」

その言葉に、はっとなにかに気づいたように淵之が叫んだ。

「待て、瑶伽！　火を近づけるな！」

突然瑶伽の手から、淵之が紙燭を奪いとった。そして彼は、慌てた様子で紙燭を踏みつけ火を消してしまう。

とたんになにも見えなくなり、瑶伽は怒った。

「なによ⁉　急にどうしたっていうのよ」

「ここはたぶん……辰砂《しんしゃ》の鉱山だ」

暗闇のなかから淵之の声だけが聞こえる。

「辰砂？」

「燃やすと猛毒をまき散らす石だ」

「――っ」

瑶伽は息を呑んで後ずさった。さきほど楊忠惟が『火をつけるな！』と悲鳴を上げたのは、そういうことだったのかと。

「なんでそんなものを……」

「毒性はあっても、染料や薬として高く売れる。とくに金の精錬に不可欠で、最近宮殿を新しく建てている紫理国では、高値で取引されているはずだ」

「高値……」

「七年前に宣之が皇太子に冊立されたとき、ばらまかれた膨大な金銭はどこから来たのかと噂になったことがある。たぶん柳貴妃は、この辰砂鉱から上がる収益を使っていたんだな」

「つまりは、お金ってこと……？」

瑶伽は呆然とつぶやいた。

ようやく事態が理解できると、震えるほどの怒りが湧きおこってくる。

「そんなことのために、お父様は殺されたっていうの……⁉」

許せない。瑶伽が手のひらを握りしめると、淵之に引き寄せられる。

「わかってる」

淵之が短く言った。瑶伽の肩をつかむ手の強さに、彼の怒りを感じた。

「紫理国では、最近になって宮殿の工事に目途が立ったと聞いている。それで辰砂の価格が下がってきたんだろう。それがわからない柳貴妃は、楊忠惟が収益を中抜きしてると思った。そんなところじゃないのか」

淵之はため息をついたようだった。

「辰砂とわかった以上、はやく出たほうがいいな。燃やさなければ急激に中毒になりはしないだろうが、このままここに隠れていたら、粉塵《ふんじん》を吸いつづけることになっちまう」

「だけど、どうやって出たらいいの？」

坂道に転がされたおかげで爆発の炎から離れられたのはよかったが、側道に入ったため、さっぱり道がわからない。灯りもつけられないのに、迷わず出口にたどりつくなんてできるだろうか。

「それにきっと、出入口にはさっきの男たちがいるわよ？」

「奴らの知らないところに出られれば万々歳だが、そうでなくても俺たちを逃がさないよう分散しているはずだ。数が少ないなら、おまえひとりくらい出してやれる」

「でも……」

行く手に視線を向ければ、どこまでも続く深い闇に、飲みこまれてしまいそうな気がする。まるで一度死んだあのときのように。

二度と帰れないかもしれない。そんな感覚に襲われていると、淵之が瑶伽の手を取った。

「道については、片手でずっと壁に触れながら進めば、いつかは出られるはずだ」

淵之は冷静に言って、瑶伽の手をつかんだまま歩きだした。冷えきった肌に突然触れてきたそのぬくもりに、瑶伽はどきりとした。

子供のときとは違う、大きな手だ。ところどころ硬いのは、普段から剣を握っているからだろうか。

そんなことを考えていると、ふいに淵之が笑った。

「こうしてると、子供のころ森で迷ったのを思い出すな」

それはまだ瑶伽が、今の瑜依よりさらに小さいときのことだ。淵之はもっと幼く、いつも瑶伽の後ろをついてまわっていたころ――。

ふたりは気分転換に郊外に出かけ、そこで護衛たちとはぐれてしまったのだ。

「……あんたあのとき、ぴーぴー泣いて、ものすごく面倒くさかったわね」

同じように手をつないで森を抜けたことを思い出し、思わず瑶伽も苦笑する。

そしてその他愛なさに、瑶伽は戸惑った。どうして淵之と、こんな話をしているのかと。

（だって、もうずっとまともに口なんてきいてなかったから……）

瑶伽が斬首され、瑜依として生きてきた二年間だけではない。

彼が十二、三歳になったあたりから、ふたりはあまり言葉を交わさなくなっていたのだ。

『おまえが許嫁なんて、俺の人生最大の不幸なんだよ！』

親同士に決められた婚約を不服に思った淵之が、たびたび瑶伽に悪態をつくようになったからだ。

それどころか淵之は、悪友とつるむようになり、はては娼館にまで通うようになった。さすがに素行の荒れた息子を心配した宸妃が何度も諭したが、淵之はまったく聞き入れなかった。

その宸妃が五年前に亡くなると、ますます彼とは疎遠になった。瑶伽を罵ることはなくなったけれども、今度は口数がぐっと減って、彼女になにも話さなくなったからだ。

瑶伽も、幼いころから可愛がってくれた宸妃が亡くなってからは、無理に淵之を訪れようとは思わなくなっていた。会うたびに邪険にされるのは嫌だったし、そのころから軍で本格的に訓練を受けるようになった彼も、たぶん彼女を避けていたはずだ。

「ぴーぴーって……、しょうがないじゃないか。まだ子供だったんだよ」

淵之がむっとした様子で言葉を返してくる。

だけどあのとき、全幅の信頼をこめて握られる小さな手に力づけられていたのは、たぶん瑶伽の方だったのだ。

「実は、私も怖かったのよ」

森ではいつしか雨が降りはじめ、雷鳴が轟《とどろ》きだした。木のうろで雨宿りをしながら、本当は瑶伽も泣きたくてならなかった。

「気づいてたよ。稲妻が光るたびに肩が震えてたからな」

「な――」

「だから、なにもできない自分が歯がゆくてならなかった」

「……ううん。あんたがいてくれてよかったわ」

なにをしてくれなくても、あのころの瑶伽は淵之の存在にいつも勇気づけられていた。あのときも、強く握られた手とそのぬくもりに、瑶伽は自分を落ち着かせることができたのだ。

「そうね。あの日も、あきらめないで森を抜けたんだわ。そのころには雨も止んでいて、空には虹がかかってたのを覚えてる？」

互いの顔が見えないからか、いつもより素直な言葉が口をついて出てくる。

うなずいた淵之もそうだったのだろうか。

「あのとき……」

瑶伽が淵之の手をぎゅっと握り返すと、彼がぽつりと言った。

「俺は、本当に知らなかったんだ。報《しら》せは、俺のところまで来なかった」

「え……?」

幼い日にふたりで仰いだ虹を思い出していた瑶伽は、突然の淵之の言葉に顔を上げた。

「あのときって……、私が駅逓で手紙を送ったときのこと?」

「……俺は、帝都からの定期連絡でそれを聞いて、急いで涌京に戻ってきたんだ。だけどそのときにはもう、おまえの処刑は終わっていて――」

「待ってよ。私はたしかに駅逓を――」

「わかってる。でも俺のところまでは届かなかったんだ」

「どうして、そんな……」

瑶伽は呆然とした。

見捨てられたと思っていたのに、そうではなかったのだろうか。

「……すべてを知って、おまえを助けられなかった自分を責めたよ」

「あんたが？」

「亡骸さえ見られなくて、ずっと死んだことが受け入れられなかった」

淡々と語る淵之に、瑶伽はうなずくことさえできなかった。

「おまえが無実の罪で殺されたなんて、ぜったいに許せなかった。だからかならず仇を討つと決めた。そのために軍功を上げて、ようやく親王にもなったんだ」

それまでとは違う、真摯な声に心が揺さぶられる。

そして瑶伽は気づいた。

そういえば淵之は、一度も彼女に「燿王は無実なのか」と問わなかったことを。父王が冤罪であることを、彼は疑いもしていないのだ。

その瞬間、瑶伽の胸が震えた。

無条件に、父の無実を信じてくれている人がいる。

それだけで、これまでどうしようもなく彼女を追い立てていた焦りも不安も凪いでいくようだった。

だから、それまで誰にも話したことのない記憶を、彼に打ち明けてしまう。

「……お父様が燿に戻ってしばらくしたころ、柳貴妃に呼ばれたの。それで……、皇太子の妃になるよう言われたのよ」

「はあ⁉」

淵之が振り返る気配がする。穏やかだった雰囲気は一変し、彼は声を荒らげた。

「おまえは俺と婚約してたんだぞ？　仮にも弟の婚約者に向かってそんなことを言うなんて、柳貴妃はどういうつもりだよ⁉」

「知らないわよ！　私だってそのときは、柳貴妃がなにを考えているのかわからなかったし」

なぜ自分が怒鳴られなければならないのかと、瑶伽も声を尖らせた。

「でも皇太子がどういう人間かはわかってたから断ったの！　そうしたら『覚えていなさい』って言われて――。……お父様の謀反の報を聞いたのは、それからすぐだったわ」

淵之をつかんでいる瑶伽の手に力が入る。

『わたくしに逆らって、生きていけると思わないことね――』

柳貴妃のその声は、ずっと耳に残っている。

「……ずっと理由がわからなかったけれど、でもあれが、この鉱山を手に入れるためだったら？　私があのときうなずいていたら、お父様は殺されなかったのかも……」

柳貴妃が瑶伽を皇太子の妃としたかったのは、この辰砂鉱から上がる莫大《ばくだい》な収益を手にするためだったのではないか。もし瑶伽が拒否しなければ、わざわざ父の謀《む》反《ほん》などでっちあげなかったかもしれない。

そう思ったら、瑶伽は胸が押しつぶされそうになる。

「……おまえのせいじゃねーよ」

ぼそりと淵之はつぶやいた。

「俺のせいだ」

「あんたの？」

「あのころから柳貴妃は、皇后の養子になった俺を警戒してたんだ。たんにこの鉱山が欲しかっただけじゃなくて、俺がおまえと結婚して、ここを手に入れるのが嫌だったんだろう」

「そんなこと……」

「柳貴妃は俺が力を持つことを恐れてた。だから俺も、脅威に思われないよう気をつけていたんだが――」

子供のころから淵之は、兄たちと争わないよう、いつも目立たぬように振舞っていた。だから瑶伽も、彼の皇子としての複雑な立場は理解していたつもりだ。しかしそれが、自分に関わってくるなんて思っていなかった。

「だから、ごめん……」

「……あんたの、せいじゃないわ」

だとしても、瑶伽は首を振った。

「断るにしても、私がもっと穏便に事を運んでいたら違ったのかも……。私が、世間知らずだったのよ」

瑶伽は当時のことを思い出す。

「思わず腹が立って、『いいかげんにして！』って怒鳴っちゃったのよね。『まがりなりにも弟と婚約している者にする話ではないでしょう。失礼にもほどがある』って」

その時の瑶伽には、柳貴妃が淵之の婚約者を取り上げて皇太子の妃にしようとするのは、淵之を養子としている皇后への当てつけくらいにしか考えられなかったからだ。

「想像できるな。おまえが怒鳴ったところが」

淵之が苦笑する気配がする。瑶伽は幼いころから融通が利かず、筋が通らないことを嫌がる性格だった。そのために、人と衝突してしまうことがなかったわけではない。淵之もそれをよく覚えているのだろう。

しかし宮奴となった今の瑶伽は、正しいかどうかだけでは生きていけないことを、もう知ってしまった。

世の中は、間違っていなくても頭を下げなければならないことだらけなのだ。正義なんてまかり通らないことばかりだし、努力だって報われるとはかぎらない。そんな不条理な世界でみんな、汚れながら精一杯生きているのだ。

ずっと純粋に生きてこられたのは、たんに瑶伽が何不自由なく育てられた燿国の姫で、やさしい父に守られていたからにすぎない。その父だって、瑞華帝国の人質になってからの苦労はいかばかりだったろう。

淵之でさえ、複雑な宮中で育ち、小さいころからそのことを本能的に理解していた。だから彼は、兄たちと争わないよう細心の注意を払っていたのだ。

わかっていなかったのは瑶伽だけ。自分だけが何も知らない、おろかな子供だったのだ。

「だけど俺は、おまえのそういうところが好きだった」

自分の幼さに打ちのめされていた瑶伽は、思いがけない淵之の言葉に顔を上げた。

「え……？」

「兄たちになにも言えない俺とは違って、嫌なことは嫌と言える、そういう卑屈さのない、真《ま》っ直《す》ぐさが眩しかったよ」

「……ありがとう」

瑶伽は素直に礼を言った。父を失うことになった自分の罪深さを、淵之がそんなふうに考えていたなんて――。

しかしそれさえもう、取り戻せない過去だ。

今の瑶伽は、不条理を知っただけではない。

卑屈さを覚え、もはや真っ直ぐでもない。筋どころか、他人を陥れてもなにも感じない人間になってしまった。

口を開けば涙が出てきそうで、それからは黙って歩いた。

淵之もなにも話さず、ただふたりで暗闇を歩きつづける。

互いの足音と、呼吸する音しか聞こえない。

そんな時間が、どれくらい続いただろうか。

急に淵之に引き寄せられ、ぴたりと壁に押しつけられた。

「淵――」

「しっ」

耳を澄ますと、かすかに人の声が聞こえる。どうやら近くに出口があるらしい。

「やっぱり兵に囲まれているようね」

いくら分散しているといっても、ひとりやふたりではないはずだ。どうしたらいいかと瑶伽がつぶやくと、淵之が言った。

「俺が先に出る。合図をしたら出口に向かって走れ。いいな？」

「でも……」

それでは淵之が無事では済まないのではないか。

ためらう瑶伽に彼は、「いいから、今回だけは言うとおりにしろ」と強い口調で言った。

「おまえが死んだとき、俺がどれだけ後悔したと思う？」

「後悔？　あんたが？」

瑶伽は信じられなかった。

だけど――。

『……すべてを知って、おまえを助けられなかった自分を責めたよ』

『おまえが無実の罪で殺されたなんて、ぜったいに許せなかった。だからかならず仇を討つと決めた。そのために軍功を上げて、ようやく親王にもなったんだ』

淵之がずっと瑶伽の仇を討とうとしてくれていたのだとしたら、きっと嘘ではない。

「だから、今度はぜったいに死なせない」

「淵之、待っ――」

瑶伽が、駆けださんとする彼の腕をつかもうとしたそのときだった。

「――ところでじゃ」

「うわっ！」

松明《たいまつ》の灯りとともに眼前にぬっと出てきた顔に、淵之はのけぞった。

「我はいつまでこやつを捕らえておればいいのかの？」

突然の眩しさに思わず目をかばった瑶伽は、気絶している楊忠惟の首根っこをつかんでいた存在に、あっと声を上げたのだった。

「壺中仙――!!」

第七章　屍姫の復讐が叶うとき

壺のなかの壺中仙の世界――。

幾度となく瑶伽は訪れてきたところだが、そのたびに思っていたことがある。

人は大勢いるが、どこか寂しいところだと。

すれ違うだけで、誰も瑶伽を見ない。話しかけても答えない。

誰もいないほうが、かえって寂しさを感じないのではないかと思うほどに――。

「驚いたかの？　実は洞窟は壺と同じなのじゃ。丸みのある胴に、すぼまった口をしておるであろう？　つまり、洞窟全体を我の支配下に入れたというわけじゃ。そうなれば器としての壺は必要ないからのう」

さきほどから壺中仙は、誇らしげに瑶伽に語りつづけている。

「といっても、あの洞窟にはいくつも口があったでのう。そういう場合は、袋小路になっておるなど、いくつかの条件がそろってなくば、壺と同じには扱えぬのよ。そなたらのいたあたりは、ちょうどそれが――」

瑶伽はぺらぺらと話しつづける壺中仙を遮って訊ねた。

「淵之は？」

　さきほどまで一緒にいたのに、彼の姿が見えない。まさか瑶伽だけをこの世界に引き入れ、彼だけ兵に囲まれた鉱山に置いてきたのだろうか。

「心配するでない。あやつはあそこにおるわ」

　あたりを見まわす瑶伽に壺中仙が指さしたのは、離れたところに建つ物《もの》見櫓《みやぐら》だった。

「てんめ！　この壺男‼　なんの嫌がらせだよ！　俺だけこんなところに出しやがって！」

「そなたとふたりで話したかったからじゃ」

　叫ぶ淵之を無視し、壺中仙が瑶伽に言った。

「私と？」

「そなたが望むのならば、ここで暮らしてもよいのじゃぞ？」

「え？」

「我とはぐれたあと、なにがあったのじゃ？　そのように哀《かな》しげな顔をするくらいなら、復讐など忘れてしまえばよいではないか。その身体の命が尽きるまで、我とともにここで暮らせばよい」

「命が尽きるまで……」

壺中仙は「そうじゃ」とうなずいた。

「嫌なことは忘れてしまえばよいのじゃ。ここにおれば、辛いことも苦しいことも、なにもないからの」

辛いことも苦しいこともない世界。

もしここに閉じこもることができたら——。

(だって、お父様が殺されたのが私のせいだなんて……!)

自分が皇太子の妃になるのを断らなければ、父は殺されずにすんだ。その残酷な事実から、瑶伽は立ち直れずにいた。

「瑶伽! そいつの話を聞くな!」

淵之の声が遠くに聞こえる。

わかっている。壺中仙の誘惑に乗ってはいけないことくらい。

だけど瑶伽も思うのだ。

(なにもかも忘れてしまうのは、そんなに悪いことなの?)

もうすべてを手放して楽になってしまいたい。そう望むことはいけないのだろうかと。

家族も、おのれの身体も——魂以外のすべてを瑶伽は失ってしまった。それでも人間は、すべてを抱えて生きていかなければならないのだろうか。

（人は死を迎えれば、みなすべての記憶が消えて新しい生を与えられるのに。どうして私だけがそうできないの？）

もう楽になってしまいたい——。

その念は、ずっと心の奥底にあったものだ。

（忘れてしまえばいいの？　この幻の世界で——）

「さあ、我の宝玉よ」

「っ——」

壺中仙に誘《いざな》われれば、思わずふらりと足が向かってしまう。

しかし背後から、その腕をぐっと握る手があった。

「淵之……」

振り返った先には、かつての幼馴染であり婚約者だった男が、息を切らして立っている。

どうやら物見櫓から駆け下りてきたらしい。

「ここで逃げたら、おまえの気は済むのかよ？」

「私は――」

「俺の知ってるおまえは、そんな女じゃなかった。どんな困難に遭遇しても、いつもあきらめずに立ち向かっていったじゃないか。子供のころ、森で迷ったあのときみたいに……！」

淵之の言葉に、森を抜けた先で見た虹が思い浮かぶ。

「でも――」

辛いのだ。

現実をすべて受けとめるのは苦しくて、もうひとりでは耐えられそうにない。

「俺がいるだろう？」

「あんたなんて……」

誰のことも信じられない。友人も、家臣も――。

だけど淵之は、瑶伽を無視したわけでも、見捨てたわけでもないのだという。たんに駅逓が届かなかっただけ、不幸な行き違いにすぎなかったのだと。

「燿王の仇を取るんじゃなかったのか？」

瑶伽の脳裏に、蠅《はえ》がたかり、蛆《うじ》がわいた父の首が蘇る。

いつだって民を思い、民に慕われていた父は、けっしてあんな死に方をしていいい人ではなかった。

なのに、突然叛逆の汚名を着せられ殺されるなんて、どれだけ無念だったことだろう。

（そうよ。そのために私は――）

父を陥れた者たちに復讐し、せめてその潔白を証明するくらいしなければ、なんのためにこの二年、最下層の宮奴として生きながらえたのか。

もしここで逃げたら、来る日も来る日も衣を洗いつづけ、まわりの宮奴たちの鬱憤のはけ口として殴られ、泥水をすすっても耐えてきた、あの日々のすべてが意味のないものになってしまう――。

瑶伽はぐっと歯を噛みしめ顔を上げた。

「お願い、壺中仙。ここから出して。私にはやらなければならないことがあるの。柳貴妃たちに復讐して、お父様の汚名を雪《すす》ぐと私は決めたのだから」

「……それがそなたの決断か？」

光の戻った双眸《そうぼう》を向けると、壺中仙はふてくされたようにそこに座りこんだ。

「わざわざ危険なところに行く必要などないじゃろうに。すべて忘れて、ここで我と楽しく暮らせばよいではないか」

（ああ、この人も――）

唐突に瑶伽は理解した。

きっと壺中仙も、過去になにか辛いことがあったのだと。それでひとり、この壺中に閉じこもってしまったのかもしれないと。

同じように傷つき、絶望した魂だけを傍らに置いて。

何十年、何百年も――。

「ありがとう、壺中仙。私を心配してくれて」

瑶伽は壺中仙を抱きしめた。

そう、彼は心配してくれているのだ。瑶伽がこれ以上傷つくことを。

瑶伽の魂で玉を作るためだけじゃない。そこにはたしかに彼の心があった。いつだって彼は、すべてを失った瑶伽を温かく包みこんできてくれたではないか。

「でも、私は忘れたくないの。お父様のことも、そして私が薛瑶伽であることも……」

――それがどんなに辛くても、

――なにひとつ忘れたくない。

すると、どこか寂しげに壺中仙は笑った。

「……仕方があるまいの。それが我の宝玉の望みならば――」

＊

「珂普山で辰砂鉱が見つかったばかりのころは、ほんの出来心でした」

楊忠惟はそう話しはじめた。

「長く都にいらっしゃる燿王様は、私が報告しなければ辰砂鉱のことなど知るよしもありません。だから少しの間だけと、辰砂を売った金を自分のものにしていました。ですがそのうち、柳貴妃様に燿で辰砂鉱が見つかったことを知られました。おそらく辰砂は白粉《おしろい》にも使われているので、そのあたりから聞きつけたのでしょう」

燿王への罪悪感があったのか、はじめは抵抗していた楊忠惟も、家族に累が及ばないようにすると淵之に約束されると罪を認めた。

「燿王様に話されたら、私は終わりです。私は、柳貴妃様に脅されて、辰砂を紫理国へ売るようになりました」

「採掘量が急激に増え、さすがに燿王にも気づかれたんだな？」

淵之の問いに、楊忠惟がうなずいた。

「そうです。燿王様が、御母堂の墓参りを口実に、このことを私に確認しに来るのはわかっていました。ですから柳貴妃様は叔父である柳大司馬様に命じて、燿王様が謀反を起したとして殺させたのです――」

「冤罪ですわ！」

柳貴妃の甲高い声が武洪殿に響いた。

「わたくしも叔父も、その者を知りません！　それに、わたくしがそのような陰謀をめぐらせるなど、あるはずないではありませんか！」

皇帝の前に引き立てられた柳貴妃は、美しい顔を涙に濡《ぬ》らしながら訴えた。

白けた顔でそれを見下ろし、淵之は父皇に告げる。

「辰砂鉱が見つかったのは、十年ほど前のことです。どうやら柳貴妃は、ここで得た莫大な収益を利用し、兄上の立太子を後押しするよう、六部の者たちに金を握らせていたようです」

「そなた、なんということを……！」

柳貴妃が淵之をにらみつけると、楊忠惟がどこか清々《すがすが》しい顔でふたたび口を開いた。

「すでに処刑されているはずの私がこうして生きているのが証拠です。柳貴妃様の命で身代わりが用意され、私は逃がされました」

「そのときの刑吏も、すでに捕らえてあります。金銭を受け取っていた者たちの名前も、こちらの裏帳簿に書かれてあります。――父皇のご明察を願います」

淵之が蓮花宮で見つけた裏帳簿を差しだすと、皇帝は座りこむ柳貴妃を見下ろしたまま訊ねた。

「宣之はどうした？」

「さきほど皇宮に入られましたので、じきに――」

皇帝の問いに、背後に控えていた杜総監が答える。

「皇上、殿下は関係ありません。わたくしが――」

「なんということだ！」

皇帝は机を叩いた。

「あの誠実な燿王――薛仁偉《じんい》が謀反など、おかしいとは思っておったのだ。無実の者が殺されたというのに、余は気づくどころかその娘の処刑まで承認してしまったとは！　これで余は、暗君として後世の謗《そし》りを受けることになった」

皇帝の怒りはすさまじかった。

「はやく宣之を余の前に連れてこい！」

「これで柳貴妃と皇太子は失脚を免れないだろうなあ」

武洪殿の外で様子をうかがっていた瑶伽の横で、鎧《よろい》に身を包んだ稜裕が楽しげな声をもらした。

淵之の悪友という印象しかなかった彼だが、珂普山から戻ってからずっと、楊忠惟の証言を固めるための証拠を集めるのに協力してくれた。

それだけではない。

彼が鎧姿なのは、武洪殿に来る前に柳大司馬の屋敷を急襲し、その身柄を押さえてきたからだ。淵之が柳貴妃を弾劾するつもりだと大司馬が知れば、兵をもって皇宮に押し入る可能性があったためである。

その対応は迅速で、彼の有能さが垣間見《かいまみ》えるものだった。

(昔は悪い遊びに淵之を引きこむ不良少年としか思えなかったけど、淵之が頼りにするのもわかった気がする)

「悪かったわね。悪童《ワルガキ》って言って」

「へ？」

瑶伽の言葉に、稜裕が豆鉄砲を食ったような顔になる。

何度か会ったことはあっても、稜裕にとって目の前の范瑜依は、最近淵之が引き抜いた宮女でしかない。瑶伽だと知るよしもないのだから、その反応は当然だろう。

「なんでもないわ」

瑶伽が武洪殿のなかへ注意を戻すと、涙ながらに訴える柳貴妃を、皇帝が冷たくあしらう声が聞こえる。

「しっかし、これで縁談がまとまれば、淵之が次の皇太子になるのはほぼ決まりかなあ」

「……縁談？」

寝耳に水な話に瑶伽は稜裕を振り返った。

「そう、皇后様の姪でね。ずいぶん前から言われてたてね」

「皇后様の姪……」

その娘には、瑶伽も何度か会ったことがある。たしか淵之よりひとつ歳下で、大人しげな美少女だったはずだ。

「まあ、僕だったらもう少し年上のほうがいいけどね。大人の女性の包容力ってのは、少なくとも三十歳は越えてないと出せないから。って、子供にこんな話しちゃ駄目か」

瑶伽を普通の十歳児と思っている稜裕は、ははははとひとりで笑い飛ばしている。

「……へえ、そうなんだ」

後半部は聞き流し、瑶伽はそれだけつぶやいて階を下りはじめた。

「あれ、最後まで見ていかないのかい？」

「もう充分だから」

「そう？　ああ、僕ももう行こうかな。皇太子の到着が遅れてるようだからね」

そっけなく答えた瑶伽を追って、稜裕も階を駆け下りてくる。

皇太子である宣之は、さきほどなにも知らずに皇宮へ入ったところで身柄を押さえられたという。今武洪殿に向かっている最中らしいので、様子を見てくると言って。

外門に向かう稜裕と別れ、瑶伽はあてもなく歩きだした。

（稜裕の言うとおりよ。柳貴妃と皇太子は失脚を免れない。おそらく柳貴妃は自死を迫られるでしょうし、皇太子はよくて配流といったところね。でもそうか……そうよね）

願いは叶った。父の潔白は証明され、その名誉も回復されるだろう。

だけど、悦《よろこ》びを感じたのは一瞬だった。

辛苦が報われた安堵《あんど》感も、復讐をやりとげた充足感も、今はない。

胸に広がるのは、途方もない虚脱感のみ。仇が討てても、父の命が還ってくるわけではないからだ。

それになぜか、今はほかのことで頭がいっぱいだった。

「だってもう、二年経ってるものね……」

瑶伽が死んだあと、淵之はとっくに先へと進んでいるのだ。

少年だった彼はすっかり大人の男性になり、自分の生をしっかりと歩いている。

ただの悪童だと思っていた稜裕も同様だ。

（だけど、私だけは死んだあのときのまま──）

瑜依としての生も、父王の仇を果たした以上もうなんの意味もなくなった。

ひとつだけわかっているのは、今の瑶伽には、ここに居場所はないということだけ。

「ようやくお父様の無念が晴らせるというのに、なんて贅沢な思いかしら」

それだけを望んできたはずだ。

それ以外の望みなんて、なにもない。

そのはずなのに――。

「俺がいるって、言ったくせに……」

瑶伽の唇から、くすりと笑いがこぼれる。

「壺中仙――」

「どうしたのじゃ、我の宝玉よ」

懐の壺に向かって声をかければ、壺中仙はすぐに答えてくれる。

「やっぱり壺中へ行こうか」

目的は果たしたのだ。ならばあの世界で暮らすのも悪くないだろう。

痛みも苦しみもない、すべてが陽炎《かげろう》のようなあの世界に、この心ごと身を浸してしまえばいい。

命が尽きるまで――。

「なんと？　その気になったのか？　我はかまわぬぞ。じゃが、いいのかの？」

「お父様の無実は証明されたし、もう思い残すことはないもの」

長くとどまれば、同じ時間を歩めなかった自分を意識して、それだけ辛くなる。

「ちょっと待ってね。人目のないところに移動するから」

どこがいいだろうか。蓮花宮は封鎖されているので、いつもの物置き部屋に行くことはできない。そう瑶伽が思案したときだった。

「ああ、瑜依！　ここにいたのね！」

彼女に声をかけてきたのは、陳雪花という宮女だった。

もともと洗衣局にいて、瑶伽が淵之に、鴻天宮に引き抜くよう勧めた娘だ。女性にしては背が高く、一見厳しげな顔つきをしているが、笑うと愛嬌がある。

(そっか。私ったら無意識に後宮に戻ってきちゃったんだ)

どこに行こうかと考えながら、やはりこの数年のくせで自然と足が向いてしまったのだ。范瑜依として、二年もここで暮してきたのだから。

「会えてよかったわ。袁女官から言づてがあってね、あなたの荷物がまだ洗衣局にあるから取りにくるようにって」

「え？　私、忘れ物なんてしてた？」

着の身着のまま蓮花宮に移った瑶伽は、当時身につけていたお仕着せ以外、瑜依になにか私物があったとは知らなかった。

「わからないけれど、取りにこないなら処分するって言ってるらしいから、一応確認してみたら？　使っていた部屋でそのままになってるらしいわよ」

もともと幼い瑶伽に対して親切な娘だったが、瑶伽の口利きで洗衣局から出られたとあって、あれこれと世話を焼こうとしてくる。本人いわく、姉がわりのつもりらしい。

（私が生きていたら、雪花と同じ年頃だったはず）

仕えていた主人が亡くなって散り散りになり、雪花自身は洗衣局に入れられた。

そんな彼女も、きっとそうとうの苦汁をなめてきたに違いない。

しかし同じ時を生きているというだけで、瑶伽は彼女が無性にうらやましくてならなかった。

（少なくとも雪花には、自分の身体があるもの……）

「……そうね。見てくるわ」

そんなふうに思う自分が嫌で、瑶伽はあいまいに笑って彼女と別れた。

（瑜依のもの、か……）

玲媛にいびり殺された可哀そうな子供。

（もし遺品があるなら、壺中へ去る前に遺族を探して届けてあげようかしら。お母様は一緒に洗衣局に入れられて亡くなったって聞いたけど、ほかにも誰かいるかもしれないし）

もし瑜依の身体がなければ、今日こうして父の汚名を晴らすことはできなかったのだ。それが彼女にできるせめてもの供養ではないだろうか。

そう思い、瑶伽は久しぶりに洗衣局を訪れた。

とくに変わった様子もなく、中庭では今日も、多くの宮奴たちがかしましく衣服を洗う音がする。

誰にも会わないよう、瑶伽は宮奴たちが寝泊まりする棟を回って使っていた一室へと向かった。廊下の両側に並んでいるのはみな宮奴たちの部屋だ。横になっても寝返りさえ打てないこの狭い空間に押しこめられ、瑶伽もずっと過ごしてきた。

懐かしさを感じるわけではないが、こうして目的を果たした今訪れると、それなりに感慨深いものはある。

そう思いながら扉を開けた瑶伽だったが、そのとたんぎくりと足を止めた。

「来たのね、瑜依――」

つぎはぎだらけの薄い敷布の上で、にやりと笑みを浮かべる女がいたからだ。

瑶伽はその名を呆然とつぶやいた。

「玲媛――」

しかしその姿は、かつての彼女とはまったく違っていた。

いつも身だしなみに気を使っていた彼女とは思えぬほど、髪は乱れ、目は落ちくぼみ、やつれていた。それどころか背骨が曲がり、まっすぐ身を起すこともできないようだ。

「なに？　私が死んでなくて驚いた？」

すっかり様変わりした姿に瑶伽が言葉を失っていると、玲媛はくつくつと喉を震わすように笑った。

「杖打ちを受けた傷で、ほとんど歩けないのよ。これでも最近、ようやく起きあがれるようになってね」

そう言って瑶伽を見つめる目は、まるで虚空のように暗く底が見えなかった。

「それに引きかえあんたは、蓮花宮から鴻天宮なんて、ずいぶんと出世したようじゃない」

「……あんたが、袁女官からって言って伝言を預けたの？」

「そうよ。あんたに会いたくてね」

「どういうつもり？」

瑶伽は緊張に唇をしめらせながら質した。杖打ちを受ける原因になった瑶伽を、彼女は恨んでいるはずだからだ。

「ふふ。私、知ってるのよ？　宦官を使って調べたの。あんたが私だけじゃなく、今度は柳貴妃様と皇太子殿下を陥れたってこと。柳貴妃様は今、武洪殿で取り調べを受けてるんですってね？　おふたりを陥れたのは、第六皇子を皇位に就けるため？　それが鴻天宮に引き抜かれる条件だったのかしら」

「違うわ。私は陥れてなんていない。こうなったのはみんな、彼らの自業自得よ」

「よくいうわよ！　私を罪人に仕立てあげたくせに‼　昔私に殴られたことを恨みに思って、復讐したつもりなわけ？　なんて恐ろしい子供なのかしら」

「……恐ろしいのはあんたよ。まだ年端もいかない子供を殴って蹴って、殺すまでいびりつづけるなんて」

瑶伽を罵る玲媛からは、瑜依を殴り殺した罪悪感はいっさい見えなかった。

「なにを言ってるの？　あんたは死んでないじゃない」

「ならこれでお相子ね。あんたも死んでないんだから」

今この身体にいるのは瑶伽で、瑜依ではない。しかしそれを玲媛に理解させる必要はない。

「ふざけるんじゃないわよ！　そんな言葉で済むと思ってるの⁉　卑しい宮奴のくせに！」

みずからも宮奴に落ちたことは、玲媛のなかでは、いまだに認められない事実なのだろう。見下していた瑶伽にはめられ、いっそう恨みを募らせたようだ。

「話にならないわね。行くわ」

あの身体では、どうせ追ってはこられない。そう思って、瑶伽が踵を返しかけたときだった。

「え――？」

脇腹になにかがぶつかり、瑶伽はよろめいた。

なにが起こったのかわからず顔を向けると、扉の陰に紅く染まった短剣を握りしめた皇太子が立っていた。

「このクソ孩子《ガキ》！　やっぱりおまえ、淵之の間者だったんじゃないか！」

脇腹が、熱い――。

違和感のままそこに触れた手を見ると、あの日見た辰砂のように紅く染まっていた。

玲媛が甲高い笑声を上げた。

「私ね、あんたに復讐できる機会をずっと待ってたのよ！　そのために、ここにこっそり持ちこんだ銀子も、全部使ってしまったわ！」

通常であれば、身体を壊して働けなくなった宮奴は、別院に移動させられるはず。

それなのに洗衣局に残っていたのは、袁女官に金をつかませていたからか。

瑶伽を調べるために宦官に渡していたぶんも考えると、官僚の妻だっただけあってそれなりの銀子を隠し持っていたようだ。

「さあ、皇太子殿下。私の申し上げたことは本当でしたでしょう？　お好きにしてくださいませ。六の殿下はずいぶんこの娘にご執心だったようですから」

「おまえを使って、淵之をおびき寄せてやる。わざわざ助けにくるくらい、おまえを気に入ってたからな。あいつが幼女趣味とは知らなかったがな！」

「それは、違う……」

淵之は幼い子供に興味なんてない。

急な失血のせいだろう。つぶやきながら、瑶伽は身体を支えていられずに壁に手をつく。

「なにが違うんだ？」

その腕を、皇太子がせせら笑いながらつかんだ。

「……あんたには無理ってことよ。あんたには、どうせ淵之は殺せない。あんたごときには――」

大人になった今の淵之は、この皇太子がどうにかできるような人間では、もうない。

「この孩子《ガキ》！」

激昂する皇太子の声が遠くに聞こえる。流れる血から少しずつ命が失われていっているのだ。

瑶伽はこの感覚を知っていた。

首を斬られた前回は、こんなにも緩やかなものではなかったけれど。

瑜依に身体を返すときがきたのだ。

（でも悔いはないわ。お父様の汚名は雪げたもの）

これ以上なにを望むというのか。

『……すべてを知って、おまえを助けられなかった自分を責めたよ』

『だから、今度はぜったいに死なせない』

しかし耳の奥に淵之の声が響けば、瑶伽のなかに迷いが生まれる。

（私が皇太子の人質になったら、あの子は怯んでしまうのかしら？）

引きずられるようにして中庭に出されながら、それだけが気がかりだった。

（だって淵之は言ってたもの――）

『だけど俺は、おまえのそういうところが好きだった』

狭窄《きょうさく》していく視界のなか、血だらけの瑶伽と皇太子から逃げまどう宮奴たちが見えた。どうやら皇太子は、人目もはばからず中庭を突っきり、洗衣局を出ようとしているようだ。

洗い場の中心には、洗濯するときにいつも使っていた井戸がある。

「壺中仙――」

失いかけた意識のなか、瑶伽はその名をつぶやいた。

「約束どおりあげるわ。私の魂を――」

瑶伽は、最後の力をふりしぼって皇太子の身体を突き飛ばした。

まだ抵抗する力が残っているとは思わなかったのだろう。皇太子の腕ははずれ、瑶伽は井戸のなかに真っ逆さまに落ちていく。

小さな身体が水面に叩きつけられるのはすぐだった。

暗く冷たい井戸に沈んでいく感覚は、死ぬときのそれに似ている。

『我の宝玉よ――』

目は開かないけれど、水のなかで抱きしめられる感触があった。

ああ、彼だ――。

「壺中仙……」

水のなかでは声にならない。

残っていた空気が泡沫となって瑶伽の口から空に上がっていく。

闇の深淵《しんえん》へと意識が引きずりこまれる瞬間、瑶伽は壺中仙に深く口づけられた気がした――。

終

「なにを寝ぼけたことを言っているのです、淵之」

皇后の居処たる鸞鳥宮《らんちょうきゅう》に、涼やかでありながら険しい声が響いた。

「わたくしは許しませんよ、死者との婚姻など。まったく汚らわしい」

皇后は養子たる第六皇子に向かって、強い口調で責めたてる。

しかし淵之は、表情ひとつ変えずに言葉を返した。

「許すもなにも、すでに父皇の許可は得ました」

皇帝を引きあいに出されれば、さすがに皇后もぐっと言葉を呑みこむ。

「燿王の無実が明らかになったのと引き換えに、柳貴妃は死を賜り、皇太子は配流の身となりました。あなたには願ったりかなったりの結果でしょう？　これ以上望むのは強欲というものですよ」

皇帝としては、判断を誤り、冤罪で息子から婚約者を奪ってしまったことに対する自責の念もあるのだろう。無実の罪で殺された燿王とその娘瑶伽の死を悼み、淵之の願いを聞き入れた。

「俺にとって妻は瑶伽ひとりです」

古来、家同士の結びつきを強めるため、または香華を絶やさぬため、死者との結婚はめずらしいものではない。

瑶伽の名は親王の妻として皇統譜に正式に記載され、親王妃の父として燿王も新たに追尊されることになっている。

「ならば、継室でもかまいません。わたくしの姪と――」

「――燿王に謀反ありとの報を受けたあと、瑶伽は冤罪を訴え、俺に助けを求める駅逓を送ったそうです」

おのれを遮って話しだした淵之に、皇后は黙りこんだ。

「でもその駅逓は、戦地にいる俺のところには届かなかった」

「……それが、どうしたというのです？」

「瑶伽の手紙を握りつぶしたのは、あなたですね？」

皇后を真っ直ぐに見据え淵之は質した。

逃げることを許さぬと向けられる眼差しに、皇后はとうとう口を開いた。

「……あの小娘は、おまえにふさわしくなかったのです」

淵之は拳をぐっと握りしめた。

ふさわしいかどうかの問題ではない。自分の姪を淵之の妃に立てるのに、瑶伽が邪魔だった。それだけだろう。

皇太子であった宣之を廃し、養子である淵之を皇位に就ける。そしてその皇后として、血のつながった姪を立てる。

そんな勝手な野望のために、瑶伽の願いは踏みにじられたのだ。

「ですが淵之――」

「――俺は」

淵之はふたたび皇后を遮った。

「俺は、あなたをぜったいに許さない」

革の長靴を響かせ、淵之は踵を返した。

「淵之！　待ちなさい！」

背後で皇后の声が聞こえたが、淵之は二度と振り返ることはしなかった。

「冥婚とは、なかなか面白いことを思いつくではないか」

廊下に出ると、前方に飾られていた白磁花紋の壺から声が聞こえた。

「死は永遠じゃからのう。これで〝薛瑶伽〟は、そなたのものになったというわけじゃな」

静寂に包まれた廊下に、壺中仙のくつくつとした笑い声が反響した。

「じゃが、そなたにとって唯一の誤算は、〝薛瑶伽〟の魂が、范瑜依の屍を借りて生きつづけていることであろうの」

「……どういう意味だ？」

無視しようとしたが、聞き捨てておけずに淵之は立ち止まった。

「なんと、自覚しておらぬとは！　そなた、我の宝玉が死んでおらぬことを、本気でよろこんでいるわけではあるまい」

「なにを——」

思いがけない指摘に、淵之は言葉をつまらせる。

「おのれの妻として永遠の眠りについてくれれば、誰もそなたから奪うことはかなわぬからの」

哀れであると壺中仙は言った。

本来であれは、燿王の汚名を雪いだあと、瑶伽との冥婚を成立させればそれですんだはずなのにと。

「なぜなら蘇った本当の〝薛瑶伽〟は、すでにそなたのものではない」

壺中仙は、これ以上愉快なことはないとばかりに淵之に告げる。

「我のものじゃ」

淵之は剣で花瓶を叩き割った。静まりかえった廊下に、ガシャンという甲高い音が上がる。

しかし声は消えない。さらに先に置かれた別の壺からまた聞こえてくる。

「……そういうおまえこそ、どうして瑶伽を助けた？」

瑶伽の魂を玉とするために、たとえその命が脅かされても助けることはない。そのはずだったのではないか？

なのに壺中仙は、瀕死の瑶伽を淵之のもとへと連れてきた。宮廷医の一流の医術によって瑶伽は一命を取りとめ、その魂は今も范瑜依の身体のなかにある。

「言うたであろう？　我は歪んだ魂が大好きなのじゃと。だからそなたのことも、なかなかに気に入っておるのでなあ」

「なんだと？」

「そなた、我が気づいておらぬとでも思ったのか？　そなたのなかにあるその黒い情欲に」

壺中仙は可笑《おか》しくてならない様子で続ける。

「おのれのものにならなければ、いっそその首を縊《くび》ってやりたい。その瞳におのれ以外の何物も映さぬまま死んでくれれば重畳というもの。そうではないかの?」

「俺は……」

自分でさえ見ないふりをしてきた真っ黒い情動を言い当てられ、淵之はなにも言い返せない。

「じゃが、今のそなたにそれはできまい。命を絶てばその瞬間に、彼《か》の魂は完全に我のものになるからの!」

「っ——」

「どうにもならぬ現実と我欲の狭間で、そなたの魂が歪んでいく様を眺めるのも、また一興じゃて」

「うるさいっ!」

淵之はふたたび壺を両断する。しかしいくつ割っても、どこかの壺から声は聞こえつづける。

「このっ……化物め!」

「難儀なものよのう。一度失ったがために、その執着がますます強くなろうとは」

壺中仙の言うとおりだった。

瑶伽のことを、もう二度と失いたくない。

本当なら屋敷に閉じこめて、一歩も外に出したくない。

ほかの誰かに笑いかけることさえ許せない。

その欲求は、死んだと思っていた彼女が生きていると知ってから、なおさら歯止めがきかなくなっている。

彼女の目が自分以外を映すくらいなら、目をえぐりだして、なにも見えなくしてしまいたい。

そんな衝動を、必死に抑えている。

化物は自分自身だ。

それはいつか淵之自身を食い破って、出てきてしまうかもしれない。

「ははははは――」

笑い声はいつまでも響いている。

「くそったれが……！」

その罵倒は、はたして誰に対して向けたものだったのか――。

途方もない疲労感とともに鴻天宮に戻れば、瑶伽が対岸にある四阿で、ぼんやりと池を眺めているのが見えた。

宣之に刺された傷は深かったが、最近は体調がよければこうして日光浴をするくらいには彼女は回復していた。

水面を彩る薄紅色の花びら。その向こうで、風に乗ってきたひとひらに手を伸ばす姿は、やはり十歳の子供のもの。

わかっている。

彼女はもう薛瑶伽ではない。

(本当なら、すべて俺のものになるはずだったんだ――)

身体も、その魂も――。

あのときちゃんと守りきれていれば、こんなことにはならなかったのに。

忸怩《じくじ》たる思いに、淵之は唇を噛んだ。

淵之には、彼女が失ったものを返してやることなどできない。だが新たなものをふたたび与えてやることはできるだろうか。

蠟梅はとうに散り、梅や桃どころか、すでに杏《あんず》の花が散っている。

それを見上げながら淵之は深く深く息をした。

内なる獣を、いつまで飼いならしておけるかと思いながら――。

*

水面に浮かぶ花びらが風に流れていく。

池に迫《せ》り出した四阿の縁にもたれかかりながら、瑶伽はその様を見るともなく眺めていた。

もうすぐ春は終わり、季節は夏へと移っていく。

じきに百日紅《さるすべり》も花をつけるだろう。鴻天宮で咲くそれをふたたび目にすることが叶うなんて、瑶伽には思いもよらなかった。

「お父様――」

瑶伽は瞳を閉ざし、やさしい父の顔を思い浮かべた。

いまや父王の汚名は雪がれ、瑶伽の名誉も回復した。

結局柳貴妃は、毒杯を賜り自死に追いこまれた。瑶伽を殺しかけた皇太子も、あのあと淵之に一矢報いるどころか、洗衣局に駆けつけた稜裕にあっけなく捕らえられたと聞いている。

そして玲媛については、稜裕が部屋に押し入ったときにはすでに自害していたという。

聞けば、もともと官僚だった彼女の夫が皇太子に仕えていたため、ふたりはわずかながらも面識があったらしい。その伝手《つて》で皇宮に到着したばかりの皇太子に武洪殿の状況を教え、瑶伽を害するようそそのかしたのは、玲媛の執念の成せるものだったのだろう。

瑶伽には、玲媛の気持がわからないでもなかった。

杖打ちを受け、歩くこともままならなくなった玲媛は、瑜依に復讐することだけを目的に生きてきたに違いない。その目的が達せられたと思ったとき、彼女にはもう、生きる意味がなくなったのだ。

瑜依を殺した憎むべき女ではあるが、瑶伽は彼女を哀れにも思っていた。

復讐は劇薬だ。

遂げるまでは徹底的に人を生かし、ほかのことなど考える暇《いとま》さえ与えない。

しかしそれが終わったあとどうして生きていけばいいのかなんて、瑶伽にもわからなかった。

暗澹《あんたん》たる思いのまま、瑶伽は四阿まで飛んできた花びらを一枚、手のひらで受けとめる。

しかし池の向こうの柱廊に淵之の姿を見つけると、憂鬱な気分は吹き飛び、代わりに強い怒りが湧きあがる。

「あの子、いくら皇后様の姪と結婚したくなかったからって、私を利用するなんてどういう了見なのよ……!?」

そう腹立ちまぎれにつぶやいたときだった。

「愛しき我の宝玉よ！」

卓に置いていた壺から勢いよく壺中仙が飛びだしてきて、瑶伽はびくりと仰《の》け返《ぞ》った。そのとたん脇腹の傷に激痛が走って、うめき声をもらす。

「いっ――た……」

「どうしたのじゃ、我の宝玉よ」

「だから……！」

「だから？　なんじゃ？」

「だから、そうやって急に出てくるのやめてって、いつも言ってるでしょ！　心臓に悪いって!!」

壺の上できょとんとした表情を浮かべる上半身だけの壺中仙に、瑶伽は叫んだ。

脇腹はさらに痛み、身動きするのも辛くなる。

「そう怒るでない。なににそんなに不機嫌になっておるのか、気になっただけなのじゃ」

「なににもなにも——あの子のことよ！」

淵之のいる柱廊を指さし、瑶伽は声を荒らげた。

「あの子、今度〝薛瑶伽〟と冥婚するんですって！　信じられる？　私になんの断りもなく、勝手によ？　いくら私がすでに死んだ存在とはいえ、横暴すぎると思わない⁉」

しかしどれだけ腹が立とうとも、〝范瑜依〟である今の瑶伽には、それをどうすることもできないのだ。

「ほほう」

なにが楽しいのか、猫のように目を細めた壺中仙が顎を撫でた。

「あやつはなぜ、そのようなことをするのであろうなあ」

「決まってるでしょ！　皇位のためよ‼」

瑶伽は吐き捨てた。あの子がまさか、そこまで皇位を欲しがるようになるなんてと。

「私の名前なんて今さらなんの役にも立たないと思ってたけど、冥婚することで淵之は、燿の元領土の継承が認められたんですって！」

つまり確固たる財政基盤を得た彼は、皇太子だった宣之がいなくなったあとの皇位継承争いを、有利に進められるようになったというわけだ。

「むっふふふふふ」

壺中仙が、こらえきれずといった様子で笑いだした。あいかわらず不気味な笑い方である。

「なに？」

「いや、愉快であるのう。そなたはまったく我を退屈させぬわ」

壺中仙の言っている意味がわからず、瑶伽は眉を寄せるしかない。だが常人がこの変態の言葉を理解するなど、はなから無理なことに違いない。

「まあいいわ。あの子は宣之よりはマシな皇帝になるでしょうし、皇位に就くために必要なら、私の名前くらい使えばいい。薛家としても、先祖を祀る香華が絶えないのは悪いことではないはずだもの」

「そうなのかの？」

「だって、どうせもう薛瑶伽は死んでいるんだから――」

これも政略結婚と同じようなものだ。

燿の最後の王族として潔く受け入れればいいと、瑶伽は無理やり自分を納得させる。子供のころ、淵之との婚約に疑問を持たなかったように。

「なるほどの。しかしまあ、奴のことなどどうでもよいではないか。それより、我の宝玉よ。あれじゃ。またあれをやってくれぬかの？」

にゅるりと完全に壺から出てきた壺中仙は、そう言って瑶伽のかたわらに正座した。

「ええ？　またなの？」

壺中の世界で抱きしめられたのがよほど気に入ったらしく、彼はあれから事あるごとにこうして瑶伽にねだってくる。

きらきらと期待を込めた眼差しで見上げてくる壺中仙に、瑶伽は不思議な気持ちになった。

（死ぬ時は、放っておかれると思ったのに……）

瑶伽の命が尽きようとしたあの一瞬、井戸のなかで彼に口づけられたのはたぶん夢ではない。あのとき彼に丹薬を飲まされていなければ、たとえ宮廷医の医術をもってしても、瑶伽は今こうして生きていないはずだ。

（玉を集めることに、あんなにこだわってたのに、どうして私を救ったのかしら）

傷つき絶望した魂だけを玉にして側に置き、永遠にも等しい時をひとり過ごしてきた壺中仙――。

彼の心にも、なにか変化があったのだろうか。

「仕方がないわね」

まるで子供だと思いながら立ち上がった瑶伽は、座っている彼の頭を抱えるようにして抱きしめた。

「むふふふふ」

満足そうな壺中仙の声が漏れ聞こえたときだった。背後でガシャンという音がして、瑶伽は振り返った。

「っ、てめ……っ‼」

そこでは、肩で息をした淵之が卓上の壺を剣で叩き割ったところだった。そしてふるふると震えながら、壺中仙に怒鳴りつける。

「おまえ……っ、油断も隙もない‼」

「ああ、五月蠅い男が来おったのう！」

ふはははは！　と楽しげに飛び跳ねる壺中仙と、剣を振りまわしてそれを追いかける淵之と――。

「ちょっと淵之！　やめなさいってば！」

それはいつの間にか、すっかり慣れてしまった光景だ。

復讐は果たした。

けれどもう少しなら、このままでいるのも悪くないかもしれない。

淵之の怒声と壺中仙の笑声が響くなか、瑶伽はそう思ったのだった。

本書は書き下ろしです。

本作品はフィクションです。実在の個人、団体とは一切関係ありません。（編集部）

実業之日本社文庫 き71

後宮《こうきゅう》の屍姫《しかばねひめ》

2022年10月15日　初版第1刷発行

著　者　貴嶋《きじま》 啓《けい》

発行者　岩野裕一
発行所　株式会社実業之日本社
〒107-0062　東京都港区南青山5-4-30
emergence aoyama complex 3F
電話 [編集]03(6809)0473 [販売]03(6809)0495
ホームページ https://www.j-n.co.jp/
ＤＴＰ　ラッシュ
印刷所　大日本印刷株式会社
製本所　大日本印刷株式会社

フォーマットデザイン　鈴木正道(Suzuki Design)

ISBN978-4-408-55766-3（第二文芸）